有爱的青春陪伴者

沈医生先动的心

时年

Shinian Works

著

花山文艺出版社

河北·石家庄

图书在版编目（CIP）数据

沈医生先动的心 / 时年著. -- 石家庄 ： 花山文艺
出版社，2021.9
　ISBN 978-7-5511-5962-3

　Ⅰ．①沈… Ⅱ．①时… Ⅲ．①言情小说－中国－当代
Ⅳ．①I247.5

　中国版本图书馆CIP数据核字(2021)第128178号

书　　　名：**沈医生先动的心**
　　　　　　Shenyisheng xian dong de xin
著　　　者：时　年
统筹策划：张采鑫
特约编辑：蒋彩霞　　廖晓霞
责任编辑：卢水淹
美术编辑：胡彤亮
责任校对：董　舸
装帧设计：蔡　璨
封面绘制：画画的陶然
出版发行：花山文艺出版社（邮政编码：050061）
　　　　　　（河北省石家庄市友谊北大街330号）
销售热线：0311-88643221/29/35/26
传　　真：0311-88643225
印　　刷：长沙鸿安印刷有限公司
经　　销：新华书店
开　　本：880×1230　　1/32
印　　张：8.5
字　　数：171千字
版　　次：2021年9月第1版
　　　　　　2021年9月第1次印刷
书　　号：ISBN 978-7-5511-5962-3
定　　价：39.80元

目 录

contents

第一章

遇见沈医生

Shen Yisheng

Xian Dongdexin

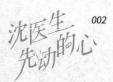

六月酷暑，翻腾的热浪还在肆无忌惮地炙烤着大地，路旁的草木全被高温的天气折腾得蔫蔫的，失了生机。街上有车子驶过卷起一阵尘埃，扑了路过的人满头满面。

中午下了场小雨，赵暄和睡了个午觉，醒来后发现起晚了，赶紧手忙脚乱地打车去往半山广场。

空气中弥漫着雨后泥土的气味，还有点草芽的清新气息，使得这几天以来烈狱一般的天气凉爽了些。

赵暄和一上车就坐在后座缩成一团，紧接着就滑开手机看接下来的行程。

司机大叔一看就是个放荡不羁的人，一路把车开出赛车既视感，车里的音乐又震耳欲聋，一次急刹，赵暄和手里的手机差点飞出去。

她深深地看了后视镜一眼，对上一双笑眯眯的眸子。

"小姑娘是要去跟男朋友约会吗？"

司机大叔哼着歌："不是我跟你说哦，今天半山广场挤着呢，小姑娘你要是约会的话赶紧换个地方。"

半山广场挤着？赵暄和可没听徐时这么说，不是说人都清干净了吗？

她朝门边靠了靠，在车子蛇形走位的轨迹里，祈求可以找到点依靠感。

"半山广场今天还有活动？"

她问这话的意思是她猜测自己是不是跟其他什么活动商撞上日子了，如果是这样正好有理由延迟或者取消签售会，想到这里，她一扫之前颓败的面色，欢快地问："是哪家活动商啊？"

"听说是个写小说的？"

"……"

"好像是最近突然火起来的吧？"

"……"

"也蛮能造势的。"司机大叔跟着节奏晃动脑袋，"我上个单子正好也走那条路，啧，几百米外就开堵啦。"

"……"

弹出来的脑袋再次颓丧地缩回去，赵暄和恢复成瘫坐在座位上的姿势。

那个写小说的显然不是别人，正是她自己。

她是设想过自己会火，但绝对不是眼下这种丧心病狂的火爆程度。

赵暄和被编辑徐时发掘之前，她刚从一个编剧工作室离职，整天窝在某论坛专门帮人代笔，直到某一天徐时找上她——

"朋友，我看你文笔不错，脑洞清奇，真是万中无一的写作奇才，我是出版公司的编辑徐时，考虑来我们公司工作吗？"

那时候正是她最穷困潦倒的时候，一听到徐时的邀约当然是立即答应了。

那段时间正好赶上青春小说市场火爆的时候，为了回报徐时的知遇之恩，赵暄和决定要好好写一本青春小说。

她一狠心就闭关了三个月，除了吃饭、洗澡、睡觉的时间以外，其他时候没干别的事，一直在写稿子，改稿子。

最后徐时实在忍不住要来瞧瞧这位"失联"人员，刚破门而入就见到黑眼圈快垂到胸口，只剩一口气的赵暄和。

徐时花了十二分力气才没让自己尖叫出来。

赵暄和浑身邋遢，像刚收完破烂回来的样子，见她过来，拉了房门就准备进房间睡觉，留下一句："刚好写完了稿子，新文件在电脑里，你先看看，二十万字全部完稿。我先去睡觉了，除非地球毁灭，否则别喊我。"

徐时在原地目瞪口呆。

这本小说就是现如今广受女生们喜爱的《你眼里万丈光芒》。

一本青春校园小说，引发无数人共鸣，真正做到了一炮而红。

赵暄和小心翼翼地窝在后座一侧，她实在想劝劝这位时髦无比一路拉风的司机大叔这条路其实限速，再这样开下去恐怕已经被摄像头拍进去了。

司机大叔依旧沉浸在声浪里，时不时侧头过来跟赵暄和聊两句，为了让司机大叔专心开车她只淡淡应个声儿然后便不再说话。

可司机大叔实在是个话痨——

"小姑娘，其实我是这周才开始做这行的，侄子说我在家没事做只长膘，我不服气呀！我好歹以前还当过兵呢。

"我闲着没事想要出来做点什么事情，看见侄子还有一辆车闲置着，我正好就用上了。

"其实我好多年没有开过车了。"

前几句赵暄和只静静地听没反应，司机大叔最后一句说完，她一直敛着不动的眼睛猛地睁大。

司机大叔正巧看了一眼后视镜，将她的表情收入眼帘，还以为她在害怕，连忙安慰道："不要紧，我开车技术还不错。"

可赵暄和的杏目里的惊恐只多不少："小——"

"心"字还没脱口，两人同时感受到车身一阵震动，下一秒，司机大叔的车紧紧撞上了前面的黑色汽车——

追尾了。

赵暄和随后看见一个大写的字母 B 慢腾腾出现在视野里。

宾利。

还是国内最新款。

这下……

简直是修罗场啊……

司机大叔也是好久没回神，良久才关了音乐，愣愣地发问："这是……追尾了？"

005

赵暄和回答："是的，追尾了。"

司机大叔两眼一黑，有点呼吸不过来，下一秒就要晕在驾驶座。赵暄和觉得现在晕太早了，起码得等到人家把巨额的赔偿价款报出来再晕也不迟。

两辆车堵在红绿灯路口也不是个事，前面的宾利打了个尾灯，意思是先靠边，然后再解决权责问题，赵暄和就被载着一同往路边去。

司机大叔面露抱歉："小姑娘，好好的出了这个事真是不好意思，你在车上等我会儿，要实在解决不了，你就先打个车走，这次路费就不用给了。"

赵暄和看了眼表，签售会是下午两点开始，这里距半山广场也没有多远，还不那么着急。

她抬头说："我等会儿吧。"

赵暄和坐在后座透过车窗玻璃往外看。车子熄火，车里温度一下子攀上来，阳光照在赵暄和的脸上，显得她气色很好。

司机大叔已经去敲那人的车窗玻璃了，弓着身子不知道说了什么。

人没有立即出来，但赵暄和看见车窗降下来一点儿。

司机大叔明显惊讶了一下，不知道说了句什么，随后又歉意地笑了笑，弯身去听里头人说话。这次不知道提到什么，她看见司机大叔脸上的愁云竟然一扫而光。

赵暄和隐约觉得奇怪，下了车瞧瞧是个什么情况，恰好这时，不远处宾利的车门被人从里头推开，宾利车主也下了车。

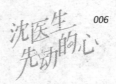

宾利车主是个男人，有一双笔直修长的大腿，穿着裁剪合体的黑色西装裤，腰身劲窄，再往上，是把着车门的手臂，衬衫袖子挽了一半，露出遒劲有力的胳膊。

车停在林荫带附近，又隔了些距离，路旁树木探出来的虬枝遮挡了男人大半个脑袋，只露出了个硬朗的脸部轮廓。

男人不知道听见司机大叔说了什么，朝这边扭头看了看。

赵暄和看不清楚他的脸，而对方却能清楚地看到这边的情况。

不知为何那个男人好似盯着她看了一会儿，盯得她有点莫名其妙。

那个男人太高，脸又被虬枝遮蔽，她还是没看清他的长相，只是透过缝隙看到了一双眼睛。

赵暄和心突突直跳，这眼神让她产生了一点儿熟悉的感觉。

她像被踩中尾巴的小猫，心头某个地方被剐蹭了几下，不适感铺天盖地地袭来。

最近几天缠绕着她的不安感瞬间迅速扩大，可想了想又觉得自己的想法不太可能，正要抬头好好瞧一瞧，宾利车主已经重新上了车，而司机大叔也拉开车门进来了。

司机大叔重新恢复生机，扬起嘴角的弧度："走吧！把你拉到半山广场！"

赵暄和好奇地探过去脑袋发问："谈妥了？"

"哈哈哈哈哈！"司机大叔很来劲，"你说世上怎么会有这么巧的事！你猜猜看那车主是谁？"不等她答他便直接说，"是我侄子的同事！

我们在医院曾经见过一面，小伙子又英俊又温和，是个医生。他知道我赶着做生意连赔偿也不要了。"

没再多说，赵暄和重新舒舒服服窝回后座。

刚到半山广场，徐时的电话就打来了，赵暄和一边挡着人流往里走，一边接电话。

"到了吗？"

"到了。"赵暄和舔了下嘴角，真心真意地感叹，"好多人。"

"是啊。"徐时也在感慨，"我就说嘛，你就是个写作奇才，以后好好给我写文啊。《你眼里万丈光芒》确实写得好，细节描写太到位了，就像亲身经历过的一样，读者很喜欢这种温情真实的小说……"

她话还没说完就听见对面一声低笑："谁说不是亲身经历呢？"

徐时愣住。

赵暄和心怦怦直跳，意识到自己说了什么后连忙转移话题："逗你呢。我到大厅了，去哪儿找你？"

"你就站门口，我马上过来。"

由公司一手操办的签售会就设在半山广场一楼的报告大厅，此时大厅门口都是来来往往的工作人员，读者还没有放进来。

因为作者接触最多的同事还是自己的编辑，所以其他工作人员没几个认识赵暄和，她也乐得清静，倚在门口墙壁上玩手机。恰好，手机这时振动了几下，她低头一看，是白霜的微信语音请求。

这世上她最怕接到两个人的电话，其中一个就是许久未见的白霜。

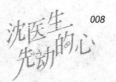

她两眼一黑，犹犹豫豫地点开，女生哇哇哇的尖叫声音立刻传进耳朵：“暄和！”

“你离手机远点，炸耳朵。”

白霜是她高中三年的同学，大学毕业后两人又去了同一家编剧工作室工作，后来赵暄和从工作室辞职去做了职业写手，白霜却依旧还在编剧工作室做一个打杂的小助理，不过难得的是两人这么多年来依旧保持联系。

白霜长得好看人又斯文，但这并不代表赵暄和就愿意接她电话。

果然下一秒，白霜就说起了赵暄和不想听到的人：“暄和，这次你开签售会的事情大家都知道了，有人可是气得要摔杯子了呀，我看他就等着忙完了手头上的事情后就马上过来找你麻烦了。”

“呵。”

“你别不当真哪！”

白霜心想，真是皇帝不急急死太监：“当初你一声不吭就辞了职，结果现在竟然写起傻白甜的青春文来，你知道沈之路最看不起这个的！”

赵暄和又呵了一声不为所动，正好看见不远处徐时站在台阶上朝她招手，就一边接听电话，一边往那儿走去：“我早就辞职了。”

白霜可能听出来赵暄和消极的应对态度，叹了一口气后转而道：“算了，不说了，打这通电话主要也不是说这个……”

周围不时经过几个工作人员，赵暄和侧身抬脚往台阶上走，高跟鞋敲在木质楼梯上的声音缓慢而有节奏。

白霜接着道：“暄和，你知道吗，沈长风回来了？”

赵暄和不动了。

大厅昏黄的灯光打在身上，徐时还站在台阶上对她微笑，来来往往的人依旧从她旁边擦身而过，忙着四处走动，可所有的一切在赵暄和眼里忽然都成了一部无声默片，她意识慢慢游离，脑海里只剩了一句话：

沈长风回来了。

赵暄和久久没有回过神来，一动不动地站在原地，直到有人拍她的肩膀。

她边轻轻"啊"了一声，边往后挪步，不料动作幅度太大，高跟鞋踩空，身子失了重向后仰去。

在跌倒在地面的那一刻，赵暄和隐约听见自己骨头一声脆响，痛得她咧了咧嘴。

徐时一脸惊恐地过来扶她："怎么样？有没有哪儿不舒服？"

"嘶——"赵暄和动了动脚踝，刺骨的疼痛感随即而来，使得她头皮都开始发麻，却还是微微摇了头。

徐时捡起她的手机，刚刚混乱的一瞬间，白霜的通话已经被无意间挂断。

签售会还有十分钟开始，眼下是时候做上台准备了，可赵暄和还揾着脚踝一个劲儿地倒吸冷气。徐时犹豫片刻后，对来催促的工作人员给出解决措施："暄和摔了，我送她去医院。你去跟肖姐说下，把之前特签的那几百本拿出来救急，后续事情等我回来再说。"

明明来的时候天还没有这么黑，可现在天色已沉下去好多，估计晚

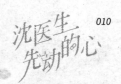

间还会有一场雨，两人打了车往医院去。

赵暄和坐在后座，小脸苍白，连平常总泛着灵气的双眸此刻都毫无光彩，眉头紧蹙。徐时看她这么疼，只能催促着司机开快点。

赵暄和此刻一腔思绪不可说，只能默默发呆。

让她一炮而红的成名作《你眼里万丈光芒》，火遍青春小说市场的故事，就是以她跟沈长风高中时代的故事为原型写的。

此刻，她反了。

因为故事的男主角回国了。

这要是被那个男主角知道，她铁定摆脱不了"对学生时代暗恋过的男孩子始终念念不忘"的悲摧人设，被他质疑是不是到现在还对他念念不忘。

徐时瞧着旁边一会儿撑额头叹气，一会儿靠着车门一副生无可念表情的人，安慰道："我已经联系了一个朋友，是广慈医院的骨科医生，等会儿他会帮你好好看看脚。"

赵暄和只能苍白着小脸点头。

广慈医院。

虽然是周末，但医院这个地方永远不缺人光顾，才过了吃午饭的时间点，门口又是人来人往的景象。

有人注意到停车场一角宾利驾驶座的车门被打开，因为这款车"壕无人性"的外表，刚停进去就吸引了一片关注的目光。

一双修长笔直的腿从车里伸了出来，男人一身衬衫西裤，即使在汗涔涔的夏日，浑身上下也是一丝不苟。

可男人关了车门后却突然没了下一步动作，他靠着车门，垂着眼，眸光微敛。

沈长风就这样兀自出神地站着，直到背后衣裳被阳光灼烫，微弱的痛感才将他的神志拉回一些。随后，他不知想起了什么，嘴角讽刺地上挑，从喉咙里发出一声讽刺意味的低笑，随后便一直望着车窗上倒映出来的自己的影子。

他想，沈长风，给自己留点尊严吧。

虽然理智是这么告诉他的，可不由自主地，他又忍不住回忆刚刚每一帧细节，小到她再微小不过的表情。

即使隔了不近的距离，他还是将她瞧得仔仔细细。七年不见，她早就脱离了校园时代的稚气，五官更加成熟精致。

沈长风瞬间回神，心中被撩起的情绪灭得一干二净，他拎起包，抬脚就往医院走去。

医院三楼。

"今天沈医生还是一如既往的高冷啊。"

小护士娇娇立马接话："就是，他调回来这么久你见过他主动搭理谁？而且我中午吃饭回来时，见着沈医生在打电话给修车公司，好像是来的路上被人追尾了。"

"啧，难怪今天总是板着一张脸，那下回拿报告你去吧，我反正不

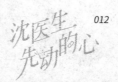

去了！沈医生帅是帅，可一看到他我就尿！"

"我也尿啊！"

骨科医生的值班室，办公桌前安静地坐着一个背脊挺直的年轻男人，握着鼠标的手骨节分明，修长干净，白大褂袖子挽起一小截，露出线条结实的一截手臂。

沈长风看了一下午病，还时不时抬手在键盘上敲两下。

忽然，屏幕上弹出来一个窗口。

他抬眼一看，是个挂号信息，点着鼠标就要叉掉，余光却瞟到一个名字，握着鼠标的右手蓦然一僵，下一秒，深邃不见底的瞳仁中掀起波澜。

挂号信息的右下角赫然写了三个大字——

赵暄和。

周涵在手术室待了一上午，现在正逮着空子准备回值班室好好睡一觉。门一推开，就看见科室新来的年轻医生正在电脑前录入病历，他想起中午自家叔叔的那通电话，就是一阵头疼。

听到响动，桌后的男人抬起了头，无论怎么看漆黑的瞳仁都带了锐利冷漠的光。周涵听说这人不喜欢跟人打交道，就准备进去拿了东西回办公室睡，不料刚进去就见男人微不可察地朝自己点了下头，主动问候："做完手术了？"

"啊……是的。"

周涵很是讶异，又想起自己叔叔的事，只好硬着头皮缓缓开口："沈医生啊……就是，我叔叔那事……"

"没事，漆已经补好了。"

"哦……"周涵一瞥，沈长风修长的双手正录入自己的那份数据，这下他无论如何都镇定不了了，"沈……沈医生?"他哭笑不得，"这部分应该是我来做呀。"

沈长风敲键盘的手依旧没停下，稍过片刻才淡声道："可你不是要下班了吗?"

"哦，我暂时不走，刚刚朋友来电话说，她朋友的脚扭了让我帮忙看一看，看完我再回去。"

周涵瞧见沈长风的指尖一顿，他侧身过去指向电脑屏幕一角："喏，这儿，她们刚刚自己在网上挂了号。"

说完，他擦擦手正准备拉张椅子坐下，然而沈长风的一句话让他手里的椅子险些没拿稳——

"你回去吧，人我帮你看。"

周涵慌忙摆手："不……不用了。我还不是很累，看完再走也……"话还没说完，他便对上了桌子那头男人投过来的视线，剩下的话被堵在喉咙里。

沈长风目光幽深，上面明明白白写着：不，你累，你很累，你现在必须回去睡觉了，接完这个病人你肯定会累惨了。

随后，他又提醒了一句："这个点汽修店也还没关门，你叔叔那辆车也要修吧?"

周涵咽了咽口水，捞起外套丢下一句"那就麻烦沈医生了，等会儿我把朋友的联系方式发给你"便飞快地逃离现场，关上门后还拍拍胸口心有余悸，跟传言中一样，这个国外留学回来的人，果然古怪得很哪！

徐时扶着赵暄和到了医院大厅，把人安置在一旁坐下，自己去前台问路，没多久就收到周涵的短信说自己有事先回去了，事全权托给了他同科室的朋友沈长风。

徐时刚回复完一个"好"字，正想着去哪里找这个沈长风沈医生，就听到背后有人喊她："是徐小姐吗？"

对方声音并不是很大，淡淡的，却又低沉悦耳。在炎炎酷暑里，在熙攘吵闹的大厅里，他的声音叫人一下子分辨出来。

徐时扭头一看，半米外的地方站着个年轻男人，一身白大褂，高挺的鼻梁上架着副细框眼镜，身材颀长。

最让她觉得不可思议的是，那张脸真的太好看了，轮廓干净流畅，是非常英俊且张扬的长相，眼里虽然藏着不着痕迹的冷淡，但面上不显。

徐时愣了会儿才应答："对，我是徐时！你是周涵的同事吧？"

男人没说是也没说不是，只抬脚走近几步，递过来一本崭新的个人就诊记录簿，露出的半截手臂，清瘦有力。

"直接来三楼骨科二室。"

徐时连忙接过来，刚要说谢谢，男人已经转身走出去好远。他的背影高大，仿佛天生带了贵气。

赵暄和才玩了会儿手机就感觉身旁长椅上坐下来一个人。

徐时来扶她："走吧，我们去见沈医生。"

三楼，电梯门一开就扑面而来一股药水味，还夹杂着消毒水的味道。徐时往走廊两头看了看，发现骨科在左手边，她扶着赵暄和一路过去。

每个科室前都有张长椅，上面坐着等着被叫号的病人，门是关着的，只有护士时不时出来喊一喊号码顺手把人搀进去。

刚把赵暄和扶着坐下来徐时就接到了电话，是公司打来的，她去一旁接电话，赵暄和就自己坐在外面等。

两分钟后，二科室的门从里头打开，走出来个年轻护士，朝外头看了几眼，喊："赵暄和，赵暄和来了吗？"

"这儿！"赵暄和拿着包一瘸一拐地自己往里头蹦。

女护士跟在后面帮忙把门带上，顺便喊了一声："沈医生，病人来了。"随后关门退了出去。

消毒水的味道刺鼻，桌子上有着医生翻动纸张的细碎声响，桌后的男人抬起了头，说："坐。"

赵暄和原本还在低头小心翼翼地往前蹦跶，这突如其来的声音，猝不及防地一下将她钉在原地不敢动了。她猛然抬眼，果然对上记忆里那张既熟悉又陌生的脸，瞬间，全身血液直冲着脑门而去。

明明诊室里空调的冷气呼啦啦吹了一身，可她感到全身都在发热，以至于几乎就要站立不住了。有一些东西在她心中轰然坠地，随即引起一片山崩海啸。

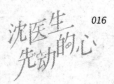

沈长风?

面前坐着的这个有着一双深邃眉眼的医生，是片刻前白霜嘴里提到的沈长风?

惊悸之余，赵暄和快速低下头，耳尖泛上薄红。她突然有些后悔来医院，真是怕什么来什么。即使时隔多年，但她只需要一眼就能认出坐着的人是他，那个被用来给她创销量的倒霉男人。但隔行如隔山，这人平时也不关注小说的吧?

赵暄和垂丧着脑袋在椅子上坐下，还存着点这个男人并没有认出自己的希冀。

沈长风安静地坐着，眼神确实没落在对面，只盯着手里的单子看了会儿，他淡声问："怎么扭的?"

赵暄和小声应道："从台阶上摔的。"

然后，便是长久的沉默。

科室里光线明亮，跟窗外浓郁得化不开的灰暗泾渭分明。沈长风的桌上放了盏台灯，灯泡下飘着缓慢游动的尘埃，墙壁上的时钟嘀嗒作响。

赵暄和企图用别的东西转移些注意力，让低头的动作显得不那么突兀，然后她就听到钢笔搁在桌面的脆响，沈长风说了今晚的第三句话——

"赵暄和，我这张脸这么入不得你的眼吗?"

"……"

无论以前还是现在，这个男人依旧一如既往地有气场，以至于她一见到他就特别尿。

装傻也再没有意义，赵暄和抬起头，笑了笑，露出嘴角微浅的酒窝，语气无比轻松："好久不见哪，沈长风。"

直到现在，她才敢光明正大地看他。

沈长风有了不小的变化，褪去了高中时代的稚气，五官棱角更硬朗，眸色偏浅，低垂着睨人时总给人他在认真看你的错觉。

可此刻，沈长风一双眼没情绪地看着她，紧抿着唇一句话没说，这让她迅速陷入尴尬。

大概十秒后，沈长风才不咸不淡地接道："好久不见。"这个神情似乎是他刚刚才回忆起自己还有这么一个同班同学。

沈长风开了张单子推过来："先去四楼拍片子，拍完拿给我看。"完全公事公办的语气，连动作也干净利落。

赵暄和应了声，接过单子出去，等门关上才小声舒了口气。

徐时在不远处看着人一脸恍惚地推门出来，表情更是说不出的悲壮，连忙挂了电话上去问："怎么了？很严重？"

赵暄和摇头："让我去拍片子。"

"那行，你先拍，编辑部那边有急事喊我去，处理下来大概要一个多小时。你在医院待会儿，好了打电话我来接你。"

赵暄和知道肯定和自己这次弄糟签售会脱不了关系，立马露出愧疚万分的表情许诺道："解决完这事我在老仙居给你摆一桌。"

老仙居是Ａ市最大的中餐厅，徐时平时常光顾的一家，菜品是其次，光那里男服务生的颜值水平就够徐时欣赏好半天。

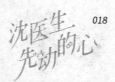

"菜我点。"

"管饱。"

赵暄和又催她："好啦！你快回去吧，看完我自己打车回去，医院楼下就能打。"

徐时点头："好，那你到家给我回个消息。"说罢便拎着包匆匆走了。

赵暄和拍完片子回来，先在长椅上坐了会儿，做好了心理准备后，才过去抬手敲响了科室的门。

沈长风的声音隔着门板传来："进——"

门一开就看见穿着长裙的赵暄和一蹦一跳地往他这儿来了，因为脚踝的伤，此刻笨拙的她活像只企鹅。

沈长风皱着眉，心里那点火气忽而就被冲淡，还觉得有点好笑："你朋友呢？"

赵暄和把 CT 片子递过去："有事先回去了。"说完，她又在原来的位置上坐下。

之前当助手的小护士已经不在门口，整个偌大的空间只剩了他们两个，却没谁主动开口说话。

沈长风看完片子拿起笔埋头写着什么。时间一分一秒地过去，赵暄和也不好打扰，但渐渐开始坐不住了。自然而然地，她开始打量整间诊室的格局。

诊室空间挺大，里头还有个小隔间，用隔帘掩着，办公桌后的衣架上挂了件白大褂，应该也是沈长风的，角落书橱里头摆满好几排文件夹，全部分门别类列着，桌上东西的放置更是有条不紊……

"没伤到骨头。"

赵暄和被突如其来的声音吓了一跳，慌忙去看他。

沈长风的鼻梁上不知道什么时候架上了一副眼镜，一只手拿着CT片子，一只手写着病历。

"软组织损伤。配药回去涂，近期注意减少活动……"

赵暄和盯着他的睫毛出神，没忍住道："最近事情比较多。"说完又慌忙补上，"我会注意的！"

手中的笔一顿，沈长风抬了头，平静地扫了她一眼："腿长你自己身上。"

沈长风这个人，没什么人能够在他身上讨到半点便宜。赵暄和拿着单子一瘸一拐地下楼配完药，然后直接到门口打车。她脑子里全是沈长风最后说话的神态，不知为何，她有点气恼。

在医院里耗了两个小时，天色已经全暗，气温也降了不少。赵暄和小心翼翼地往路边挪去。

正值下班点，车流停滞不前，赵暄和没能赶上医院门口的第一拨出租车，第二拨出租车还在路上被堵得水泄不通。

赵暄和耐心地等着出租车的到来，然后耳边就传来一长串鸣笛声。

赵暄和抬起头，看到一辆黑色宾利从地下停车场开出来，正好停在她面前。

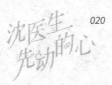

赵暄和看了会儿就移开了视线。现在有钱人真多，她不免想起中午那个人傻钱多，也开宾利的倒霉车主了。

　　此时面前的黑色宾利车窗缓缓降下来。

　　"赵暄和——"男人充满磁性的嗓音冷不丁从车内钻出来，吓得她手一抖差点把手机扔地上。

　　沈长风看着赵暄和，声音依旧清冷："上车。"

　　赵暄和瞬间神思归位："啊！"

　　沈长风在等她？送她？大可不必。

　　"怎么，还要我下来请你上车？"沈长风略微有些不耐烦的声音又传了过来。

　　沈长风这么一说，赵暄和本来想拒绝的话全哽在喉咙里。

　　拒绝就显得矫情了，她赵暄和才不是连老同学的车都不敢坐的人呢。

　　决定后，她一瘸一拐地挪过去，连声道："来了，来了。"

　　赵暄和上车关好车门后，沈长风一踩油门发动车。

　　车子缓慢行驶着，路边昏暗的光线时不时从沈长风脸上掠过，男人的五官笼罩在阴影下模糊不清。

　　车里有着医院淡淡的消毒水味，赵暄和还嗅见一股熟悉的香水气味，若有似无的气味浮动在空气里，却吸引了她的所有注意。

　　沈长风专心致志地开着车，脱了白大褂，里头是件白色衬衫，袖口挽起，露出一段清瘦的手臂，骨节分明的大手搁在方向盘上，从赵暄和的位置，只能看到他侧脸的轮廓。

"后座纸袋里有毛毯，你拿出来盖上。"

"啊？"

沈长风转过头，一双深邃的眼睛落在赵暄和的腿上。赵暄和立马明白过来他的意思，原来他是注意到了她穿着短裙的腿有些冷，所以才突然说了这句话。

赵暄和摸了摸鼻子，表情有些不自然地回了一句："哦！谢谢啊。"

赵暄和拿了毯子盖上之后，两人就没谁开口说话了，任凭尴尬蔓延。

最后，还是赵暄和忍不住了——

"想不到你现在是个医生了呀，还在广慈医院上班。"赵暄和没话找话。

沈长风"嗯"了声，不咸不淡地回着："刚回国。"

哦，白霜已经说过这事了。她迅速另找了话题："大家一直都在班群里很活跃，就你一直没怎么回过消息，班长前段时间还吐槽你人间蒸发了呢。"

说到这里，她不禁抬头瞟了眼沈长风，意外的是，他也正打量着她。

斑驳不定的夜色下，他眼里好像多了点东西，然后她听见他道："时区不一样，医学生事情也多。"

这是在解释。

赵暄和点头，没有再接着问。其实她心里还有好多问题，比如他怎么就选择读医去了，当年明明画得一手好画，怎么最后却选择拿手术刀？

可身份不允许。

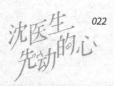

以前再如何关系好，现在他们也只是多年未见、不怎么熟悉的高中同学。

广慈医院到她住的小区有点远，沈长风也没说顺不顺路，直接问了她家地址就走。三十几分钟的路程开得极慢，赵暄和晃着晃着眼皮子开始打架了，钝重的眼帘慢慢垂下来，没多久就彻底闭上。

等她再次睁开眼，也不知道过了多久。

赵暄和坐在一片浓郁的黑暗中，还来不及适应周围的事物，但鼻尖那抹若有似无的香气还在，让她稍微定了定。

适应了眼前的黑暗，她发现车已经停下了。她扭头看向窗外，一点猩红撞入视线，在夜色里像野兽蛰伏的眼睛。

沈长风把车停在了小区路灯下，昏黄的路灯随着晚风摇晃，只照亮他身旁一小片地方，他人靠在车前，那抹猩红是他指尖掐着的烟。

男人舒展着身子，单手夹烟，另一只手低头滑手机。那轮廓落在她眼里，俊朗极了，他确实有副好皮囊。

赵暄和摸起手机一看，已经这么晚了，她竟然睡了整整一个多小时。最近要忙的事实在太多，睡眠时间被压榨不少，要不然也不至于在沈长风的车上毫无顾忌地睡着。

赵暄和撑着不甚清明的脑袋，继续看着窗外。

可能是车内温度实在太舒适，时间仿佛被无限拉长，就好像在做梦一般，竟然生出现在不过是高三午休，一觉醒来她拉着沈长风去小卖部买饮料的错觉。

023

不过……他什么时候学会抽烟了呢？

正想着，赵暄和身子一动，身上滑下去一样东西。她捡起来一看，是沈长风盖在她身上的西装外套，金属袖扣蹭上裸露的皮肤，凉得她一缩。

赵暄和拎着衣服开门下去。

听见响动，沈长风回头，烟在指尖点了点，抖落一地烟灰。

"醒了？"

"嗯。"

两人并排站着。沈长风已经把烟掐掉，盯着周围模糊不清的灯光看。

"今天谢谢你呀，我回去了。"

沈长风点头："是不早了。"

赵暄和把外套递过去，但他没接，他说："穿着吧，进小区还有点路，明天来医院复诊再拿给我。"

赵暄和拿着外套的手顿在半空，手里拿着的东西成了烫手山芋，她笑得僵硬："不用……外面也不是很冷……"

沈长风没理会，打开车门重新坐进车里，等待车子启动的间隙又丢出句话来："明天带到医院。"

车子发动，赵暄和就这么看着宾利从眼前消失，最后红色尾灯彻底淹没在夜色里。

赵暄和拿着衣服往家慢慢走，到门口打开手机才发现徐时竟然早发了几条微信进来，可都显示已读，她疑惑地点进去——

徐时：我下班了。

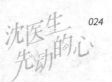

徐时：回家了吗？

徐时：……

徐时：姐妹，你是被外星人抓走了吗？

徐时：我准备报警了……

清一色刷屏，独独聊天记录底端的那个绿色气泡特别扎眼，就像一枚无声炸弹没入水里，将一切有可能继续的对话毫不留情地掐死手中。是她发的，不，准确来说，是顶着她名义的另一个人发的——

赵暄和：送到家了。

四个字让她的手一抖，手机差点摔出去。

简短，了然，光明正大，不掺杂念。可她就是被这句简单的话惊得面红耳赤，就像凭空一记炸雷，将身体里沉睡已久的情绪、记忆掀开。

就好像平静无波的水面猝不及防投进一枚炸弹，溅起来铺天盖地的水花，淋了赵暄和一脸一身。当晚回去她不仅忘了回徐时电话，并且整晚都沉浸在光怪陆离的梦里。等第二天起来时已经到了饭点，腿脚不方便的她只能选择在手机上点个外卖。

半个小时后，外卖小哥打来电话："赵小姐，能麻烦您来门卫这儿拿下外卖吗，实在送不进去？"

赵暄和才想起来最近物业管理变得严格，外来车辆都进不来。

"行，那麻烦你等我会儿，马上下来。"外头日头正盛，赵暄和只得趿拉着拖鞋，拖着并不利索的腿脚往小区外头走。人一旦倒霉就开始诸事不顺，她将心里积累的烦闷全数算在了沈长风身上。

等好不容易拎着外卖上楼，赵暄和伸手掏向口袋，再抬眼时陷入长久的沉默——钥匙忘带了。

邻居家小男生补习班下课，拎着画板哼哧哼哧经过，目光从一身睡衣睡裤的赵暄和身上划过去，最后落在她脚旁还冒着热气的麻辣烫上。

"又忘带钥匙了？"小男生一米七出头，模样干净，说这话时却没半点初中生的影子，活像个小大人。

赵暄和朝他瞪眼："叫姐姐。"

"姐姐可不会三天两头把自己锁外面。"小男生把钥匙插进锁孔，拧着把手进去前又回头，"进来吧。"

小男生不知道比自己小多少，大人的腔调倒是学了个十成，赵暄和嘴里念叨着，却还是拎起外卖紧跟着进去。

小男生进去后把画板在客厅支好，也不招呼客人就坐在画板前忙活起来。赵暄和在沙发上坐下，正好能瞧见他画纸上刚勾勒出一个苹果的轮廓。

"苹果不是那么画的。"承了小屁孩的好处，她忍不住啰唆几句。

可显然，这中肯的建议有的人并不是十分听得进去。

"你懂画画吗？"小男生轻蔑一笑。

"没吃过猪肉还不能看看猪跑？"赵暄和几步溜到画架旁，探过半颗脑袋去，可还没等她伸出手指指点点，脚下笔筒里的铅笔哗啦啦倒了一地，五颜六色的铅笔都滚了开来。

"笔很贵，别瞎碰。"小男生的眉头皱成一团，赶紧俯下身去捡，恨不得将赵暄和连人带外卖打包丢出门。

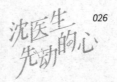

"贵？"赵暄和叉着腰气笑了，想也不想脱口而出，"你这个牌子的，你知道吧，我以前想玩多少有多少，掰着玩也没事……"

说到一半，她突然闭嘴了，生动的表情收起，连翘起的眉毛也敛下去。因为她突然想起沈长风了。

那是两人初见时，她不小心闯进画室，笨手笨脚地将画笔撞了一地，连桌上当模型的苹果也扫落在地。她正做贼心虚地蹲地上捡，背后就传来一道懒散调笑："哦，闯祸了啊，这苹果可是进口货，一个……"

不等身后的人继续，她伶牙俐齿接上去："不知者无罪。就算是玉皇大帝的蟠桃，你也不能敲诈我。"

一句话堵得身后人愣了片刻，等她扭头，就看见眼底眉梢都是笑意的沈长风。

"玉皇大帝的蟠桃不归我管，但地上的笔可是我的。"他双手插兜，俯身下来，露出一口白牙，"认栽吧同学。"

最后，她被逼着趴在画室给沈长风画了一个多小时的素描作业，那些歪七扭八的作业，也不知道最后他是怎么交上去的。

意识到自己在想什么后，赵暄和心里"咯噔"一下，慌乱得连外卖也忘记拿就夺门而去。

开锁的师傅还没有来，她一个人默不作声地在门口坐着。

没多久对面的门打开，小男生拎着她的外卖盒子送出来，嘲笑道："现在知道跑了？不用你赔。"

赵暄和靠着门板扭过头，心里念叨：小屁孩。

第二章

她是我的高中同学

Shen Yisheng

Xian Dongdexin

赵暄和的脚踝养了几天就好转不少了，日常走路是没什么问题了。

　　这段时间赵暄和成天在家无所事事，然后想起来徐时最近因为她的事情，频频往自己家和公司两头跑，忙得焦头烂额。赵暄和偶尔良心发现一下，决定拎点饭菜去看望。

　　两人正吃着饭呢，徐时突然搁下筷子淡淡扫了眼桌下赵暄和的一双长腿，问："真的都好了？复诊后医生说了没后遗症？"

　　"没去复诊。"赵暄和专注地吃饭，随意地应着。

　　徐时一眨不眨地盯着她。

　　赵暄和："……"

　　"真没事了，只是扭伤。"她伸脚在桌下轻踢了徐时两下，笑盈盈道，"你看，活动自如。"

　　"你不太对劲。"徐时又不紧不慢吃了几口饭，突然问，"那天你怎么回去的，还有那条微信是什么意思？"

　　赵暄和笑不出来了。

　　"那可不像你的口吻，就是你去看诊那天用你手机回我微信的那个人。"怕她记不清楚，徐时善意地提醒，"谁把你送到家的？"

　　赵暄和头也没抬，专心致志地扒着碗里的米饭："高中同学，我也是昨天才知道他在广慈医院工作，昨天遇到顺路送我回来的。"

徐时看她一眼，"哦"了一声全明白了："有故事？"

赵暄和立马就笑了："哪能啊，就是普通高中同学，收起你丰富的想象力，一点儿事都没有。"

徐时一脸诚恳地点头，半真半假地感叹："是啊，被高考棒打鸳鸯的苦命小情侣，故事才写了个卷首语就直接大结局了是吧？"徐时笑意更深，也不问了，"吃饭，吃饭。"知道对方又在扯谎，她顿时也不想听了。

"通知你一件事。"徐时说，"社里把你小说的影视版权卖出去了，现在制片人想见你一面，对于一些要改编的地方，还是需要听听你这个原著作者的意见。"

"行，最近我都有空的……"

徐时又交代了见面的时间和地点。

赵暄和从徐时家出来，自己开车回去，眼一瞥瞧见座位上安静躺着的纸袋，思索再三，她决定去一趟广慈医院。

今天周六，微信公众号上可以查询到今天没沈长风的班，她挑这个时间去还衣服不会撞上正主，合适极了。

正值下午最热的时候，三楼大厅处值班的小护士正在打瞌睡，脑袋一点一点，忽而惊醒揉两下眼睛，不过下一秒又闭上了。

突然，她似乎听见一串高跟鞋敲地的脆响，勉强睁眼，看见一个漂

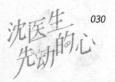

亮又有气质的女人朝自己走来，长发披肩，眉眼亲切地朝自己微笑。

"你好，请问有什么事需要帮忙吗？"她问。

女人把手里的纸袋放上柜台，笑了下："请问一下，能不能把这个转交给你们这儿的沈医生。"

见她脸上有迟疑，女人连忙解释："就一件衣服。"

"哦，没问题。转交给哪个沈医生？我们这儿有好几个沈医生，"医院里姓沈的医生并不少，小护士掰着手指数，"产科、外科、中医科都有……"

正数着，突然一道低哑男声响起："小于。"

本来应该没班的沈长风此刻立在诊室门口，穿着一身白大褂，身形挺拔，脖子上挂了个听诊器，隔了没几米的距离与赵暄和对视。

赵暄和尴尬地笑了笑："沈医生。"

沈长风率先移开视线，又重新把刚关上的门推开："进来吧。"

赵暄和对身后一脸状况之外的护士小于笑了笑，然后硬着头皮抬脚跟上。

"为什么不来复诊？"沈长风在诊室洗手池旁洗手，擦干净后坐下，打开电脑，"病历带了吗？"

赵暄和束手束脚地坐在位置上，摇头："没带……"她赶紧把纸袋拿上来，"我今天是特意给你送衣服的！"

学生时代怕老师，成年了怕医生，特别是眼前沈长风这种面无表情的医生。

沈长风把衣服收起，随后从位置上起身，走到赵暄和身边，俯下身。

他这突如其来的动作吓得赵暄和往后一靠，一双杏目里闪过仓皇："做什么？"

"脚。"沈长风神色如常，手落在桌上，拿起一只小枕头，示意她把腿架在一旁的转椅上，"检查一下。"

赵暄和脸上闪过尴尬，连忙弯腰去解脚上高跟鞋的金属扣，目光不经意掠过沈长风，她发现沈长风正蹙着眉垂目瞥她，幽深的眸子里头盛着微微的不耐烦。

怎么了吗？

等她架上腿，男人捏上她的脚踝，反复转了几下翻看。

触感特别清晰，让赵暄和神经稍微绷紧，她不自然地将视线转向别处。

沈长风鼻梁很高，此刻垂着头，侧脸堪称完美。赵暄和想起徐时老拿她打趣的那句：美人，我可以在你鼻梁上滑滑梯吗？

现在看沈长风，才明白什么叫老天爷赏饭吃。

随后男人松了手，直起身子重新回到座位。

赵暄和放下脚，松了口气。

"基本痊愈了。"

沈长风在电脑上输入诊断结果，赵暄和等了片刻觉得他似乎没什么要交代了，寻了借口要遁。他却关了电脑，看着她说："以前实习期在心外科科室轮转时，我看到过一个不太听话的病人——"

"嗯？"赵暄和眉心一跳。

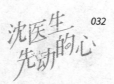

032

沈长风继续说："心脏附近血管破裂，手术持续将近三个小时给抢救回来了，出院之前主治医生强调过他以后不能抽烟，要按时休息，他没听，半年后又给送回来了，鬼门关前走了一趟。"

赵暄和不明所以。

"我上次是不是跟你说过，还要养一段时间，暂时别穿高跟鞋？"沈长风脸上露出再明显不过的不耐烦，就跟老师不喜欢不听话的学生一样，医生也厌恶不听医嘱的病人。

沈长风的视线重新落到电脑上。

赵暄和等了半天没见他再开口，从中解读到几分不愿再交谈的意思，她只得起身告辞。

没想到她刚站起来，外头就冲进来一个平头的年轻医生，男人连连喘气："抱歉，真的抱歉啊沈医生，今天临时有事，谢谢你为我代班，下班请你喝酒去！"

平头医生是周涵，刚打了个滴滴赶来，他打电话请沈长风顶岗之前，实在没想到对方真能答应。沈医生才不像他们嘴里说的那样高冷呢，他打心里觉得对方其实是个值得交往的朋友。

周涵视线一转，看见旁边站着的赵暄和："唔，现在有病人哪，你叫什么？"这个时间点，这个病人应该是他负责的，于是他往办公桌前走，可沈长风安安稳稳地坐着，丝毫不见要让位的意思。

周涵："沈医生？"

终于逮着机会，赵暄和连忙道："那个……刚刚沈医生已经帮我看过了，没什么事我就先走了，谢谢医生。"

"哎？看过了啊——"周涵的视线在两人之间来来回回。

只见女人转身离去，沈长风的目光仍黏在女人的背影上，等人走远也不曾移开。

周涵突然明白了点什么。

他虽然单身但好歹是个男人，对于男人看女人的眼神再熟悉不过。再联想到沈长风最近的种种不对劲，他意味深长地叹了口气，拍上沈长风的肩膀："前女友？"

前女友的确是个要命的存在，要不然面前清心寡欲的男人怎会露出这样一副失魂落魄的样子。

他抬手在沈长风面前晃了晃："人走啦，沈医生！"

沈长风一语不发地起身去衣架那儿换衣服，周涵坐下撑着手肘看着对方。

和沈医生建立友谊果然是个特别难的过程，看来自己还得再接再厉。周涵这样想着。

沈长风换完衣服又去洗手，水流声哗啦啦地响在办公室里，然后周涵就听见他说了句："不是。"

沈长风把水珠甩干，低沉的嗓音道："不是前女友，是高中同学。"

周涵从电脑上移开视线："啊……"

没想到沈长风还是单相思！

沈医生
先动的心

一时间，周涵无法从巨大的震撼中抽身。

原来像沈医生这样高冷的人也会暗恋哪。

几天后，市中心的一家咖啡厅内。

赵暄和按照徐时给的时间，约了制片人详谈小说影视改编的事情。

这位制片人叫周霞，不过三十就已经参与好几部火爆校园剧的制片，且她之前是一名艺人，在事业上升期毅然决然地退出大荧屏做起幕后工作，而且也同样做得非常成功。

从幕前到幕后，周霞给出的解释是喜爱，这点让赵暄和对这位未曾见过面的合作伙伴多了不少好感。

大厅有人在弹奏钢琴，是首西班牙曲子，旋律轻快又明朗。

赵暄和在靠窗位置一下子找到周霞，跟她曾经在电视上的形象如出一辙。

见赵暄和在对面坐下，周霞立马露出标准的微笑，客气道："赵老师。"

"周老师叫我暄和就好。"

"暄和，我今天主要就是找你谈谈剧本的事，你随意点，不要拘束。"周霞善意一笑。

"编辑已经跟我说过，就是不知道周老师想怎么改？"

"那我就开门见山了。"周霞从手边的公文包里掏出一沓复印装订好的 A4 纸递过去。

"要修改的地方我已经标注出来，旁边也有批注，你边看我边说——

"现在的青春剧市场还是不错的,可接下来几年市场需求只会渐趋饱和状态。说实话要不是你这本小说故事情节十分温情,真实情感足够打动人心,我也不敢接。

"现在快餐文化当道,相比慢节奏的青春校园剧,观众更青睐节奏快、感情线明朗的甜宠剧,所以你能不能接受我们改人设跟情节进度?"

"不行。"在周霞说话的同时,赵暄和已经把剧本上圈出来的几处大致掠过,她合上本子,笃定道,"人物性格随人物出场那刻起,就刻在人物举止言谈之中,他们会说什么话、做什么事都是符合逻辑的,就好比女主人公为什么最后都没表白,既是环境所致,也是她的性格所致。青春有很多表达方式,这是我选择的一种。"

周霞眉头皱起,似有不悦:"我知道小说有自身的节奏需把握,但剧本不同,它必须迎合受众需求,你是个明白人,自然知道怎么才更容易使作品更火。"

"我知道。"赵暄和轻笑了下,目光澄亮又坚定,"可我觉得,太过明显的改编反而会让这个故事失去原有的特色,使得观众对这个作品产生排斥感。"

"你这是固执。"周霞脸上的笑意完全消失,她不客气地指出,可忽然她又笑了,"不过你还年轻,有这些坚持也正常,我们可以再沟通……"

"不是年轻的问题。"赵暄和坐正身子,刚要解释,对面周霞却忽然变了脸色,视线紧紧盯着玻璃窗外。

"周老师?"赵暄和疑惑地看她。

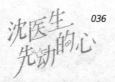

"今天的见面还有别人知道吗？"周霞忽然问。

"没有呀……"赵暄和一愣，随即她扭头循着周霞视线看过去，咖啡厅的窗户都是落地玻璃，隔了一条街的距离，一个手持相机的男人正对着她们这桌按下快门。赵暄和瞬间就明白了，周霞虽然退出演艺圈，但媒体并没有对她收手，相反，一个人放弃原本一帆风顺的事业选择另一条并不怎么好走的道路，这里面的谈资不亚于人本身。

周霞脸上闪过一丝不耐烦："看来我们要合作的消息已经被人买了去，不用多久，我们合作，小说将被影视化的消息将会传出去。"

赵暄和没经历过这类事，一下子没想明白："消息透露出去会有什么后果？"

"微博下吵点罢了，其他没什么，就当提前放热度了。"被偷拍，周霞心情不太好，她收起改编方案准备离开。

"暄和，我跟你说的事希望你好好考虑，希望我们合作愉快。"

握完手，周霞戴上墨镜出去，随后坐车离开。

透过落地窗，赵暄和还看见刚刚那个狗仔又对着周霞的车牌猛拍了几下。看了会儿，她轻叹一口气移开视线，果然哪个职业都不容易，周霞被媒体纠缠，而她回去要向徐时交差。

赵暄和也拎包离开，可没料到才刚踏出咖啡厅大楼，马路对面忽然传来一道女生的惊叫："白日暄和！那是白日暄和出来了！"

几步之遥的马路对面不知什么时候围了好几个学生模样的背包女生，

神情各异，最前面的女生手中还举着高高的牌子，上面清楚的几个大字——反对《他眼里万丈光芒》改剧！

见赵暄和出来，女生们拔腿朝她站的方向奔过来。

赵暄和才目睹了周霞被记者偷拍，一时手足无措起来，等反应过来，她已经本能地往旁边商场方向跑了。

她跑得气喘吁吁，一群小女生追得无比狼狈。

赵暄和的车停在商场地下停车场，为了摆脱身后的围堵，她选择乘电梯上去转一圈把人甩开。毕竟读者们维护小说的初衷是好的，如非必要，她不想跟她们迎面碰上。

商场对街的餐厅里，透明的落地窗将外头街道上的车水马龙悉数映入来吃饭的人的眼帘，广慈医院骨科室的聚餐就在这里举办。

男人靠坐在窗边的沙发上，骨节分明的手将打火机的盖子掀了又合，翻来覆去。远处桌边的一群人正玩得开心，招呼他："沈医生，过来耍一把。"

男人点头走过去，起身的瞬间视线不经意掠过窗外，一抹熟悉的影子在奔跑。

"沈医生？"周涵已经给男人让出个位置，却见他本来要过来的步子一转，取了外套往手臂上一搭，抬脚直接往门口走，留下一句："等会儿你们先吃，我出去一趟。"

"出去做什么，都要上菜了！"周涵使劲喊。

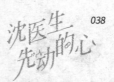

"你们吃，这顿我请了，等会儿来结账。"说着，沈长风已经推门出去消失在门口。

周涵一脸蒙，想起刚刚男人在窗边定了很久，他凑过去一看，见已经出门的沈长风径直穿过了马路，而马路那边一个熟悉的身影闪过。

赵暄和？

"周涵，沈医生这是去哪儿？"有人凑过来问。

周涵眼疾手快一把拉住对方，道："小徐刚来广慈医院不久吧，医科大毕业的？嗯，确实比师兄有前途，来，我给你说呀这个……"

赵暄和被高跟鞋磨得后脚跟一阵疼，早知道要面临这样的窘境，说什么她也不会穿高跟鞋，又绕了半天，好不容易把那群女生甩开，她微喘着气往地下停车场走。

她低头边走边掏手机，想给徐时去个电话报告一下今天的事，却迎面撞上一个人，手机滚落在地，一双大手先于她捡起来。

"谢谢啊……"赵暄和见男人抬手过来顺势去接手机，不料他直接避开她的手，随即锢住她的手把她往角落里带。

赵暄和张嘴就要尖叫，一只骨节分明的手已经提前捂上去。

"是我，沈长风。"手的主人低声说。

赵暄和抬起头，果然对上沈长风黝黑的双眸。

不远处，几个女生紧接着从出口过来，似乎在找人——

"奇怪，我明明看见暄和往这个方向跑的呀，怎么一转眼人就不见

039

了？"

"再找找，今天一定要跟暄和说上话！"

角落里，赵暄和听得心惊肉跳，她一路下来竟然没发现自己又被跟上了，要不是沈长风……

想到这里，赵暄和轻声问："你怎么在这儿？"

"科室聚餐。"沈长风松开手，视线落在远处观察又重新走近的一群人，随后垂眼，目光落在身后女人的头顶。

"喂，赵暄和——"

"嗯？"

保持着扭头的姿势，她仰头看他。

沈长风看着她道："跑得快吗？"

"啊？"

不等她答，男人再次拉上她的手，奔跑起来。

不远处，女生们听到动静纷纷回过头——

"暄和！暄和在那儿！"

沈长风拉着赵暄和头也不回地往出口跑着。

地下停车场光线昏暗，赵暄和穿过忽明忽暗的光影，只觉得本来很重的脚步愈来愈轻盈。即使胸口起伏得很快，呼吸一点儿也不顺畅，她也觉得无比安心。

出口就在前方，耀眼的光通过通道涌进来，她好像听见有人喊她。

"暄和加油！暄和加油！跑快点啊！就剩几百米啦！"

头顶阳光晃得脑袋越来越重，赵暄和觉得自己可能天生跟体育课犯冲，特别是每年期末考试必须加入总分的 800 米长跑。

她真的跑不动了，终点线处的白霜、张甜甜的身影在她视线里摇摇欲坠，摇出好几个重影。

喘气的艰难消磨着最后一丝耐力，她不跑了，方向一拐转向操场中央，在那里躺下，然后白霜、张甜甜的脸就出现在上方。

"暄和你这可怎么办哪，下午就是体育测试了，你怕是要完……"白霜一脸担忧。

赵暄和将脸转向一边，喘着气自暴自弃："随它去吧！"

张甜甜都快急死了，长跑不及格体测就直接挂掉，间接影响来年分班，她都替赵暄和着急。

赵暄和摇摇头："这事吧，实在没办法强求。"

一中为了保证下午上课效率，一般中午都会给学生留半个小时左右午睡时间。赵暄和的座位靠窗，正要抬手去拉窗帘，外头先出现一双手扯着帘子卷起来，随后沈长风一双懒散笑眼就出现在面前。

男生从楼下九班特地上来，歪在墙头看她，眉眼俊朗，眼睛亮极了，只是脸上写满取笑："听说你下午考 800 米？"

"是啊，沈哥抽空上来给我加油鼓劲？"赵暄和也笑着，但桌下一双手不自觉绞上衣角。

值班老师等会儿就要上来查纪律，此刻走廊空无一人，沈长风手撑在窗台上仔细看她，忽而憋着笑道："我给你加油鼓劲你就能过了？"

"说不定呢。"她说。

沈长风扭头就要走，冲着赵暄和摆摆手："下午加油。"说完，就离开了。

下午很快就到了，烈日之下，整个操场根本没几个班在上课。轮到赵暄和上跑道之前她下意识地在围栏外找了一圈，张甜甜、白霜凑过来好奇道："你在看什么呀？"

赵暄和连忙把视线收回来，笑了笑："放空呢，等会儿记得罩我呀，短跑健将。"

白霜叹气："要不我拉着你？"

"这不能算成绩吧？"赵暄和拍拍她们的肩膀，"没关系，我今天运气挺好，我有预感能过。"

张甜甜说："想问你这份不知名的自信来自何处？"

垂在身侧的手轻轻握紧，赵暄和什么也没说。跟任何一个青春期的小姑娘一样，她好像有了个秘密，偷偷藏在口袋里。

体育老师的哨声响起，各自归位。

赵暄和俯身做准备姿势，她余光中似乎看见有道人影翻过栏杆跃进来。

但等不及细想，枪声响起，赵暄和闭眼冲了出去。

从初中到现在，跑步这个项目一直是赵暄和的死穴，明明身体素质不比谁差，但 800 米的确是跑一次挂一次。

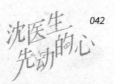

风从耳边掠过，她听见了自己的呼吸声跟脚步声，刺眼的阳光在眼前铺开，跑在前面的同学的后脑勺离自己越来越远。

果然，运气这东西不是临时抱佛脚能有的。

一圈下来，最快的那个已经超她大半圈，还能像离弦的箭般不知疲倦地往前蹿，她觉得自己上辈子可能是个秤砣，蹲在地上怎么踢也踢不动那种。

力气渐渐流失，胸腔里好像埋了团火，直接就烧到了嗓子眼，她又想休息了……

可这次没等她歇脚，旁边突然有人喊她："赵暄和，别停，继续跑！"

她扭头。

沈长风不知什么时候已经跑在她身侧。夏日烈阳下，男生的脸仿佛镀上层金光，晃得她脑袋眩晕，她突然感觉心被什么撞了一下。

沈长风陪跑，四周很快围了一圈看热闹的学生，叽叽喳喳，赵暄和一辈子都没这么受人瞩目过。

少年眉眼带笑，一路给赵暄和加油打气。

赵暄和模糊地想，似乎一直跑下去也挺好，要是沈长风一直陪着她就好了，要是这条跑道没有尽头就好了……

通道那头，是现在。

可没什么路是走不完的，一如不会有谁寸步不离地陪着你，当年单纯幼稚的愿望，现在想想竟然让人忍不住发笑。

赵暄和一语不发被带着往前跑。

等把身后的人彻底甩开，沈长风把赵暄和塞进自己车里，随后自己也坐进去，关上车门。

因为刚刚的一通奔跑，此刻两人呼吸都不稳，在封闭狭小的空间里，喘息声尤为清晰。

赵暄和不禁刻意压制着呼吸频率，不让此刻氛围变得更加奇怪。

曾经的回忆还在脑海盘旋，她心里有些乱。

沈长风抽了张纸递给她擦汗，随后把空调打开。

等两人都冷静下来，沈长风才问："刚刚那些人，为什么追你？"

赵暄和瞬间语塞，她没法子跟这男人讲——你知道吗，其实我给我们俩写了本书，刚刚那群是我们的小粉丝呢……那群就是特别支持书中我俩，所以抵制剧改的小粉丝呢……

赵暄和笑了笑："推销的，推销的，我没买，所以一直追。"

沈长风也不知信没信，目光又落在女人脚上的高跟鞋上，那眼神完全是医生在看个无可救药半只脚踩进棺材的不听话患者。

赵暄和不自然地缩了缩脚，客气道："谢谢沈医生帮忙，我改天——"

"以你跑800米时七分零三秒的成绩来说，你真的只适合穿平底鞋。"

赵暄和未脱口的话全卡在了喉咙里。

她抬眼去看沈长风。

男人眼帘微垂，神色莫辨，视线落在前方。

冷气吸进肺里，她却觉得这狭小空间又开始闷热，仿佛吸进去的是

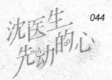

个什么燎原火种。

"啊……你说高中跑步哇！"她不知道自己在说什么，只觉得恍然，"我现在好很多了，之前还参加过市里志愿活动，穿着高跟鞋小跑了一公里多……"

沈长风似乎在听，腰身挺直，目不斜视，过了许久才搭话，不过却问的另一件事："你现在在哪儿工作？"

"出版社……"她没敢讲得再细，担心被沈长风扒马甲，即使明知男人没这个兴趣研究自己。

沈长风以为她做的是编辑之类，点了点头，随后抬手去开车门，平静道："在车里等会儿。"

不等赵暄和回答，他已经推开车门走了出去。不过五分钟，沈长风就回来了，进来时将手里的纸袋递给她："换上再走。"

"啊？"赵暄和一脸莫名地打开，里头竟然是双平底鞋，这下她更尴尬了，"这……"

"不是不能走了吗，脚不想要了？"沈长风语气平淡，却没有上次见面看她穿高跟鞋时那么生气，可能是已经接受她是个不听话的患者的事实。

赵暄和视线久久没从手里的鞋子上移开，她安静地垂着眼，突然干巴巴地发问："高跟鞋不好看吗？"

下一秒，她赶紧捂住嘴，俯下身换鞋，有些语无伦次了："谢谢呀。改天请你吃饭，我先走了……"

"赵暄和。"

"嗯？"她扶住车门仓皇回头。

沈长风坐在车里安静地朝她看来，片刻后抬手："包忘了。"

她赶紧接过："哦，谢谢，谢谢。"

沈长风没有动，那道纤细的身影快速转过拐角，彻底看不见了。

赵暄和几乎是落荒而逃，离开停车场站在阳光下，周身被暖阳重新覆上的那一刻，她呼出一口气，慢慢恢复淡定从容，却又莫名生出一股无力感。

最近遇见沈长风的次数实在有些多，多到已经把她的生活节奏完全打乱。

赵暄和不由自主地往脚上的平底鞋看去，大小合适，黑色帆布鞋，是学生时代女生最常穿的那种。她穿着，有些不适应，就像一点儿也不适应现在的沈长风一样。

回去的路上，赵暄和跟徐时简单汇报完了今天的遭遇，跟周霞没谈拢、在街口被书粉围堵，不过遇见沈长风的事，她下意识地略过了。

徐时安慰了赵暄和几句，说现在书改剧本来就艰难，她有空会去跟周霞沟通。

挂电话之前，徐时突然喊住她："明天是不是你生日啊？"

赵暄和刚到家正在换鞋，拿拖鞋的动作一顿："是，是明天，你要

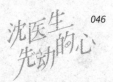

请我吃饭？"

"吃饭就算了，最近社里事情多，我给你买了个东西，最近记得查收快递。"徐时急吼吼说完就要挂电话，那头有人在喊她校对文本。

"等等——"赵暄和喊住她。

"你还有什么事晚上给……"

"谢谢——"赵暄和轻声说。

那头的人顿时没声了。

"谢谢你从一众写手里把我挑出来，也谢谢这段时间以来你一直不放弃我。"

赵暄和跟徐时是相爱相杀的好姐妹，她很少这样一本正经地跟徐时说话，长此以往，似乎编辑跟作者的身份在渐渐模糊，迷糊到她都开始忘了，这个女人与自己非亲非故，但连生日这种她自己都快记不清的事，徐时却每年都没落下过。

"赵暄和呀……"那头徐时沉默了片刻后冷静下来，缓缓开口，"你这话挺让人感动的——但下个月该交的稿一个字也不能少，到时间看不见全稿，你就等着死吧！"

电话被挂了。

赵暄和捏着手机，垂眼，忽而嘴角上扬，她满足地笑了一下，徐时的关心算这一整天唯一一件让她心情舒畅的事吧。

第三章

祝你生日快乐

Shen Yisheng

Xian Dongdexin

晚上，赵暄和洗完澡接到了白霜的电话，自她离开工作室后，这女人只要是主动联系她，绝对不是什么好事。

赵暄和接通视频电话，一张绿得发亮的脸猛地撞入视线。

她挑挑眉："你这是什么造型？"

白霜说："敷面膜呢。最近在山里采景，你不知道我整张脸都快干成萝卜条了！明天还得早起……"

"沈之路也在？"

"师父？师父没来，这次是师兄带队。我真的不行了，你知道吗？你看看我住的这个房间，"白霜把镜头照着四周转了一圈，无比沮丧，"你敢想象吗？这已经是这个山脚下配置最好的酒店了，却连个吹风机都没有。"

"知足吧，师兄已经很迁就你们了，你想想如果这一趟是沈之路跟着……"

白霜瞬间噤声。

过了会儿，她说："我突然觉得这酒店还不错。"

两人絮絮叨叨地说了很多沈之路的坏话，就像以前一起兴致勃勃地吐槽班主任怎么怎么样。

讲着讲着，白霜又问了一遍一直没得到答案的问题——

"你当初为什么一定要离开工作室？"

如今的青年编剧里几乎没有不认识沈之路的，自从他开办工作室以来，作品拍一部火一部，名声大噪。想要去他的工作室学习的编剧犹如过江之鲫连绵不绝。

"当年二话不说跑去破网站写网文去了，问你你也不说，师父也不给解释，我真的特别奇怪，以你的能力，现在可不止这个价……"

虽然白霜说得够隐晦，但赵暄和还是听出来了，她是在说顶着沈之路徒弟的身份，即使再烂的本子卖出去也比最近火起来的《你眼里万丈光芒》值钱。

"那天聚会后，你跟师父先回工作室，之后到底发生了什么呢……"

白霜完全是自言自语，因为她知道赵暄和是绝对一个字也不会透露的，问了这么多年，当事人都默契地什么也不说，沈之路放任赵暄和出去自立门户。

"不过，你好日子到头了。"白霜把面膜揭下，露出点幸灾乐祸，"你明天过生日对吧，师父准备过去找你了。"

赵暄和："……"

白霜笑出声："估计是去打断你的腿的。上次我已经给你提过醒了，你顶着白日暄和的名头写青春校园狗血小说，师父特别生气。"

赵暄和："……"

白霜可能是乌鸦嘴，挂了电话不久一串陌生的号码就打了进来。

沈医生
先动的心

赵暄和不明情况，犹豫片刻后还是接通了电话，出声试探："喂？"

电话那头安静极了，仔细分辨似乎有微弱的呼吸声，许久——

"喂——"熟悉的男声灌入耳膜。

赵暄和吓得一把将电话挂断了。

沈之路打了半天电话一直提示占线，好不容易接通，才说完一个字就是一串忙音，等再打过去已经打不通了。

他被拉黑了。

沈之路面无表情地放下手机。对面的朋友憋着笑，要不是给沈之路这个面子，他可能会直接笑趴下来。

"暄和不接？"

沈之路抿紧唇，俊朗的面上闪过不悦，接着，他不紧不慢地从裤兜里摸出一把东西来撒在桌上。

是一打手机卡。

沈之路慢悠悠地拆着手机外壳，重新换上一个号。可这次，都没有给接通的机会，才"嘟"了几声，他就被再次拉黑。

沈之路耐心极好，甚至眉头都没跳动一下，坐在位置上一遍一遍地重复这个无聊且幼稚的骚扰行为。

对面的人看不下去了，提醒："我记得暄和好像挺不喜欢被别人逼迫的。"

"逼迫什么？"沈之路终于说话，语气淡淡，"小徒弟不听话放出去体验体验生活，现在玩得久了被迷了眼，作为她的师父，你觉得我能放任不管？”

“我觉得吧，你其实……”

男人想说你不要管得太多，但最终住了嘴。

在沈之路换完第十三个号后，赵暄和终于被他玩疯，没等他再拨过来，赵暄和的电话就来了。

“沈之路，你有病吧？”

沈之路眯了眯眼，视线落在咖啡厅外，语气淡定自若：“跟你师父讲话就是这么讲的？”

“我早就离开你那个破工作室了！”赵暄和深吸一口气再吐出来，堪堪维持住平静，“我们已经没有任何关系了，也请你以后别再给我打电话。”

“傻丫头，你离开工作室，我答应过吗？”沈之路游刃有余地笑，“只要我一天不承认，你就还是我沈之路的徒弟。”

赵暄和气笑了：“我没见过这种强买强卖的。”

“现在见过了。”

沈之路起身结账：“明天生日，出来，我带你吃饭。”

赵暄和完全不知道这人是如何做到将自己不想听的话选择性忽略、从头到尾自说自话的。

“我没空。”

“你有空。你出来，我答应放你离开工作室。”沈之路说。

赵暄和快脱口骂人的话瞬间因为这番承诺卡在嗓子眼，她皱着眉，

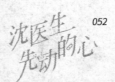

十分怀疑："说真的？"

"师父什么时候骗过你。"沈之路笑了下。

这一笑，让他对面的男人瞬间联想到四个字，衣冠禽兽。

沈之路今年不过三十出头，单身贵族，有相貌有家底，相识的女玩伴不少，也不寂寞，但终身大事迟迟定不下来。

陆止延当了沈之路这么多年的朋友，觉得他不结婚的原因无外乎两个，一是没遇上喜欢的，二是没玩够。

陆止延坐进车里，很快沈之路也坐进来，劈头盖脸就问："前段时间让你订的白栀是不是到了？"

"白栀？"陆止延哼哼，"您沈大爷吩咐的事，我能不办到吗？"

"正好赶得上。"沈之路发动车子，"谢谢了。"

"不过你要白栀干吗，泡妹子？那也得鲜红的玫瑰才行啊，你这样可不专业。"

沈之路不置可否。

广慈医院。

下班后，周涵喊沈长风去喝酒，上次对方帮他代班的事，他还没正经道谢过，结果换好衣服收拾公文包的男人却开口拒绝了——

"改天吧，有事。"

周涵以为是沈长风的推托之词，连忙劝道："有啥事啊，走走走，还是跟我喝酒去！"

"真有事。"沈长风直起身，歉意一笑，"下次我请你。"

周涵"哦"了声，再没有强人所难，跟沈长风敲定下次的饭局后才肯放人离开。

日落时分，整座城市淹没在天边夕阳余晖下，像一张剥开的绚丽糖纸，折射出五彩的霞光。

医院已经灯火通明，路边也渐次亮起路灯。

沈长风先去了一趟对面街的花店。

店主小伙儿赶紧上来热情招呼："买花吗？送女朋友送普通朋友，还是送长辈？什么花我们店都有！"

沈长风扫了一圈，问："栀子花有吗？白色。"

"啥？"店主以为自己听错了，"栀子花？"

"是，白栀。"

"逗我吧。"店主重新退回柜台旁的躺椅躺下，摇着扇子没好气道，"你去四处问问，哪家花店有卖这东西的，景区花园一抓一把，谁还放花店给摆着？实在想要，喏，出去右转，那小区里大片大片开着，随便摘。"

沈长风一时说不出话。

"送人栀子花说出去要笑死人，这么没诚意白瞎了一副体面模样，走走走，我还要做生意！"

沈长风就这么被扫地出门。

站在花店门口，他第一次生出点尴尬的情绪。

随后，他转身离开。

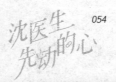

054

此刻天已经彻底暗下来，城市里车水马龙，正值下班高峰，几乎每个路口都堵得动弹不得。

沈长风把印象里的几个花店都跑了一遍，但所有店主的回答如出一辙——

没这玩意，这年头谁送花送这个。

甚至有热心店员自告奋勇地给沈长风支招儿如何追女孩，他一遍遍地解释后来也腻了，索性什么也不说，任凭别人取笑。

从市里最偏僻的那家花店出来的时候，已经将近九点。

花店老板突然喊住他："小伙子，如果实在着急要，可以去郊区碰碰运气，那里有个花卉市场，不过今晚有没有人值班就不知道了。"

沈长风谢过，驱动车子往郊区去。

沈长风运气还不错，花卉市场老板正准备关门回家睡觉，结果远远看见颠簸不平的泥泞路上慢吞吞晃来一辆车。

然后从车上走下来一个西装革履的英俊年轻人。

年轻人身姿笔挺，一看就是有钱人，不过让他意外的是，有钱人这么老远来郊区，却只买了一捧连油费都够不上的栀子花。

一想到一直阴魂不散的沈之路，赵暄和就气得失眠了，睁着眼睛在床上冥想到半夜，好不容易睡着了也不安生，一直做梦。

梦里把前几年重过了一遍，从大学毕业遇到沈之路，再到后来分道扬镳，中间节点似乎只在那一天。

055

那天师兄接到个大单，成了之后要请整个工作室的人吃饭，下班时分沈之路也没走，师兄就想着一齐叫上。

沈之路平日里对一众徒弟不怎么亲近，一般也不参加他们私下里的活动。

不过态度还是要表，走个过场罢了。

犹豫半天，最后大家推出一众徒弟里最小的赵暄和去问，她年纪既是最小，平时又受沈之路器重。对有几分才华的人，沈之路还是有好脸色的。

"让我一起去？"

沈之路正翻着平板电脑，给一部电影拉片，闻言抬眼朝赵暄和笑了下。

他一副温文尔雅的样子，却不知道下一秒那张嘴里要吐出什么刻薄的字眼。被委以重任的赵暄和缩了缩脖子，含糊道："嗯，大家都挺想你一起去的……"

她心想你赶紧拒绝吧，我还得去交差。

沈之路却伸了伸懒腰，把平板电脑往桌上一丢，干净利落："行，走吧。"

赵暄和一下子愣住了，可能是意外的表情太过明显，沈之路又问："怎么，你不想我去？"

"不，不是，怎么可能，哈哈哈……"

如果目光可以杀人，她觉得她可能已经被透过门板偷听的一众师姐师兄的目光穿透成个筛子了。

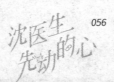

056

因为沈之路的加入，整个聚餐俨然成了变相的学业抽测，沈之路发明了一个游戏，他现场提问关于剧本的必背要点，答不上来的人就罚酒一杯。

那晚所有人都患上了尿急尿频症，隔一会儿就往厕所冲，赵暄和坐在马桶盖上百度知识点狂背的时候还在想，这个男人真的是可怕的笑面虎哇。

可后来随着越来越多人的沦陷，大家索性也不要性命了，合起伙来怂恿沈之路喝酒。

沈之路晃着杯子靠在沙发上，突然抬眼往人群里看了下，找到赵暄和问："你也跟着他们劝？"

突然被点到，正垂眼看桌下手机偷背书的赵暄和差点从凳子上弹起来。

"啊……是啊！"她没听清沈之路问了什么，只是周围师兄师姐看自己的眼神太过期待，她就这么应着说了。

可没想到，听完她的话，沈之路什么也没说，抬手，一口气把面前的酒挨个儿灌下。

赵暄和有点傻眼。

其实，如果她够敏感，便可以发现异样。可直到她扶醉酒的沈之路回工作室，被他一把压在墙上时，她才后知后觉地发现这人对自己存了个什么心思。

她从未这么想过，甚至沈之路对她过好过宽容时，她也只觉得是一个师父对优秀学徒的纵容，从未往男女之情上想过。

赵暄和扇了沈之路一巴掌，匆忙离去。

这一离开，她切断跟工作室所有的联系，除了偶尔偷偷和白霜联系，其余人根本不知道她的境况，她在 A 市当缩头乌龟，自由自在。

直到《你眼里万丈光芒》猝不及防地爆红。

徐时打来视频电话，见到她后吓了一跳："你这对黑眼圈怎么回事？撞见鬼了？"

"如果是鬼倒没有现在这么棘手。"赵暄和苦笑，"不说这个了，你打电话过来什么事？"

徐时："周霞那边我沟通了，协商之后得出的结果是双方让步，你作为顾问，去组里进行修改指导。放心，人设情节不动，这个可以再商议。"

赵暄和点头："我接受。"

聊完正事，徐时指着她黑眼圈做评价："遮一遮，快挂到胸口了。不过，让你烦到睡不着觉的人是谁呀？"

略一思考，徐时问："那个沈长风？"

想起见面多次却只比陌生人关系稍微好些的沈长风，赵暄和只觉得脑袋更疼。

"不说了，我去洗澡换身衣服，下午出去见个朋友。"

徐时也有事要忙，点头挂断电话。

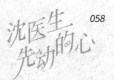

傍晚五点，赵暄和准时出现在全季饭店门口，进门报完沈之路的名字就被带着往楼上包厢走。

包厢里，沈之路早来了，正靠坐在沙发上玩手机，见赵暄和进来，视线抬起落在她身上。

赵暄和在他对面坐下："我人来了，说的话作数？"

逃离自己两年多，她早不是那个刚出校园把他当作唯一依赖的人的小徒弟了。她化着淡妆，眉眼更加漂亮，即使是愤怒不耐烦，也比旁人多了几分俏皮。

这个小徒弟，他是好好呵护到现在的，所以她一点儿也不怕他。

沈之路垂下视线，把菜单推过去。

"先点菜。"

赵暄和随意点了几个菜，随后双手抱臂，十分不耐烦："你平时也挺忙的吧，跑到这种偏僻的小城市里抓我，我怎么也想不通。沈老师，你能给我个理由吗？"

"不是你过生日吗？"沈之路给自己倒了杯茶，抿了一口又搁下，随后抬眼轻笑，"特地来祝小徒弟生日快乐。"

赵暄和："谢谢呀，我收到了。如果没有其他的事，我现在给你买回去的飞机票？"

沈之路又笑了，语气似乎带了几分得意："你看你，也只有在我面前才摆出这副小孩子的倔脾气来气人，那个端庄优雅的知名作者白日暄和呢？"

"你别扯开话题，"赵暄和皱眉，"说正事。"

"行，那我们就说说正事。我不同意你再继续写三流小说。"

谈起小说，沈之路周身的气息顿时天翻地覆，他直腰前倾，敛起所有的笑，一本正经地瞧着对面措手不及的女人，表情不容置喙。

"凭什么，我现在又不是你徒弟，丢人也不是丢你这个前师父的脸……"

"丢谁的脸我不关心，可你龟缩在这小城市写着烂大街的口水小说，你对得起你的笔吗？"沈之路淡声质问。

"沈之路，有一点我希望你明白。"

赵暄和最后一丝耐心耗尽，她蹙着眉头，无比坚定地说："这不是烂大街的口水小说，就跟你眼里宝贝得不行的现实文学一样，我热爱我写的每一个故事。它们或许不够高级，却是我二十多年的生活的一个记录。

"沈之路，我承认你很厉害，可你在神坛太久，已经写不出平凡人的普通情感了。"

赵暄和以前是不敢说这些话的，可现在两人已不再是师徒关系，那些存在赵暄和心里长久以来的对沈之路的不认同，今天一股脑儿全给倒了出来。

沈之路没说话。

等菜上桌，握着茶碗摩挲的男人才淡声开口："你有你的坚持，我也一样。"

桌上热气氤氲，赵暄和点了清一色沈之路不吃的辣菜，红通通的一片，让人光是看着就不敢下手。

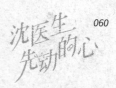

包厢里静谧温馨，头顶灯光装饰是暖色系的，将人周身打出一圈细腻柔软的边儿。

沈之路说："我教不了你了。"

来之前赵暄和已经做好跟男人争辩一顿甚至辩不赢的打算，可沈之路这么轻易地妥协，她惊奇地眨了眨眼，很意外。

"如果是那件事让你离开工作室，不值得，回来发展很适合你。"沈之路拿起筷子，夹起一块红油竹笋，面无表情地送进嘴里。

赵暄和又是一愣，她没想到沈之路会把话题摊开来说，这回尴尬的倒换成她了。

赵暄和支吾："其实也不是……"

"你脸上全写了。"沈之路无情地拆穿，"我承认，之前确实对你有过想法。成年男人对乖巧漂亮的小姑娘动心很正常，特别是朝夕相对的小姑娘，但我也不是非你不可。"

男人说这话时风轻云淡："比起陪自己的女朋友，我还是更想要个天赋异禀的徒弟。"

两人从饭店出来时已经晚上九点，夜风微凉，沈之路开车送赵暄和回去。

他将人送到小区楼下。

赵暄和道谢后下车，可才走了一步，沈之路又喊住她。

"过来拿个东西。"沈之路摇下车窗。

赵暄和看着他朝自己递过来一大捧白栀，扑了一鼻子清香。

"花店有卖？"赵暄和脸上的惊喜毫不掩饰，"我之前去过好几家，不是说从来不进货吗？"

"我叫人去花弈市场买的，祝你生日快乐！"

赵暄和："谢谢啊，我回去了。"

沈之路没逗留，驱车开出小区。

赵暄和捧着花往回走。

走到楼栋门口时，她顿住脚步，一动不动了——

小区路灯下，沈长风在光线暗淡的地方立着，透过浓郁的黑暗，朝她看来。

他怎么在这儿？

赵暄和抱着花过去："沈医生？"

离得近了，她才看清他手里拿着什么东西。

沈长风阴沉着脸一动不动，右手拿着的，是一束栀子花。

这……

赵暄和脑子空白了一瞬。

面前的人却先发制人，抬手将右手的花束一抛，丢进身后的绿化带，抬脚就走。

赵暄和赶紧上去把人拦下来："沈长风！"

两人隔了一米的距离，她才看见男人眼里肉眼可见的血丝，像是没休息好，疲惫不堪。

沈医生
先动的心

沈长风腰杆笔直，垂眼问："赵小姐还有什么事？"

沈长风的神情冷漠极了，像看个陌生人一般看着赵暄和，赵暄和觉得此刻的他比两人初见时还要冷酷好多。

"你今天来找我是……"

"是啊，我今天是来找你的。"沈长风一声嗤笑打断她，"我一下手术就赶来，在楼下等了一个多小时，你说我是不是有病。"

"我不知道你要来，我……"

"生日快乐。"

沈长风最后看了她跟她怀里的白色栀子花一眼，平静地丢下这几个字之后，抬脚离去。

"沈长风，你给我站住！"

她在后面大声喊，可径直往前走的男人并不理睬。他以最冷漠的姿态，毫不停留地走进浓郁夜色里，消失。

赵暄和只觉得眼眶里一阵温热，眼前所有景物都模糊起来，有泪水流下。

沈长风再次在她面前头也不回地离开了，离开得相当容易，任凭她跺脚嘶喊也不回头。

赵暄和蹲下身子，过了好久，等把眼泪抹干净才直起腰抬脚往回走。路过绿化带，她顿住步子，捡起被沈长风丢掉的花束，拍了拍上面的灰尘，抬脚离开。

自跟沈长风不欢而散之后，过了一个多星期，赵暄和就窝在家里写稿，偶尔去公司转转。

其间赵暄和接到房东大叔的电话，说他们一家准备从国外回来住，房子到期要收回去。

这套房子是赵暄和父母的朋友介绍的，和房东大叔一家相熟，当初签的是活合同，人家什么时候回来就什么时候还房。

所以现在赵暄和找中介看房源，还有搬家公司也得联系，总之过程很麻烦。

徐涛的工位就在赵暄和对面，才几分钟的时间，他已经听见对面的女人叹了好几口气。

其实赵暄和不太经常来社里，偶尔交稿期快到时，自己在家会拖延，才来社里几天，在浓郁的工作氛围里把稿子赶完。

徐涛关切道："暄和，你今天身体不舒服？"

赵暄和的桌角摆着一瓶水养白栀，是她前几天带来的，整个办公室被清新的花香充斥，特别能调节心情。

此刻，她看着那瓶白栀，摇了摇头："没事。"

徐涛今年跟赵暄和同岁，两人关系平时还说得过去，就再多问了句："是不是遇见什么事了？"

"是啊，我那房子房东要自己住了，我快没地方住了……还总碰见让人生气的人。"赵暄和随意说着。

徐涛却听进去了前半句："在找房子？我这儿有哇。"

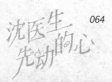

第四章

赵暄和，你后悔了吗？

Shen Yisheng

Xian Dongdexin

赵暄和抬起脑袋，颇意外："你在中介有认识的人？"

"不是。"徐涛笑道，"是我爸妈很早之前给我买了套，可我现在自己这套住得挺好的，不想搬，所以那边一直闲置着。"

"不用啦。"赵暄和赶紧道谢，"我已给中介留了电话，有合适的房源他们会联系我的。"

"中介那边必定不如熟人靠谱。"徐涛努力说服，"你还是去我那边，房子空着也是浪费，有人住里头好歹有点人气。"

"这样太麻烦了……"

"不麻烦，我也收租，按市价给怎么样，这样总不能还有心理负担吧？"

徐涛说了房子的地址，离市中心不远，来往哪儿都方便，地段比原先她住的小区还要好些。徐涛收的租金当然不够黄金地段的价格，赵暄和深知他在做人情，再三道谢过后答应下来。

下班后她联系了搬家公司，打包了整整四个大纸箱，第二天载着行李往碧园小区走。

徐涛家是三室一厅，面积不小，精装过，现在家具全被白布遮上了，看来的确很长时间没人住过。

赵暄和慢慢打扫，打扫完时，已是黄昏时分。

金黄的光线从阳台外照进来，洒了一地，她想起来忙了一天还没吃饭，就起身下楼买东西。

夜风温柔，赵暄和穿着拖鞋，露出一排圆润的脚趾，等拎着满满当当一袋东西回去后，在门口愣住了。

房门虚掩，门锁上插着一把钥匙。

刚刚出去门没关？她赶紧伸手在口袋里摸了一阵。

在触到什么硬邦邦的东西时，赵暄和的淡定顿时散得一干二净，受到了惊吓。

她摸出一把跟门锁上一模一样的钥匙来。

这……怎么回事？

徐涛不是说这房子没人住着吗？

赵暄和有些愣怔地看着两把一模一样的钥匙，最后把那把钥匙拔下来一齐带进去。

刚踏进门，就看见一个高大的身影正在收拾行李箱，宽肩窄腰。

赵暄和往前走了一步，措辞一番："不好意思啊先生，这房子暂时是我住着，请问你是……"

收拾行李的男人回头，皮肤白皙，眉眼俊朗，只是神情冷淡。

赵暄和差点一个没站稳。

沈长风？

两人并排在客厅沙发上坐着，面前的两杯茶水早凉了个透，再冒不出一丝热气，茶几上摆着两把一模一样的钥匙。

沈长风抿抿唇，率先开口。

"徐涛是我朋友，我之前在这里住过一段时间，备用钥匙一直收着……我不知道这里有人。"

赵暄和吐了口气，慢吞吞地说："徐涛是我出版社的同事，我最近在找房。他说这儿空着可以先租给我，我先前也不知道这房子其实有人……"

各自解释完，一时谁也没再说话。

沈长风去阳台打了个电话，徐涛的语气果然很无辜："谁知道你打定主意真回国发展了啊兄弟，再说你那么有钱还不一定能看上我那破地，我以为你不住了的啊！"

透过落地窗，沈长风扫了眼一脸尴尬、正盯着面前茶杯出神的女人："她给了租金？"

"啊……啊……是！"徐涛无可奈何，"我知道你喜欢清静，但实在没办法呀，钱我已经收了人家的了，再者暄和又特别好相处，你要不试试能不能先合住一段时间，反正房间多……"

沈长风挂断电话推门进去。

赵暄和也正想好措辞，见他进来抬眼望过去抢先道："我最近会去中介看看房子，找到后就搬出去。"

沈长风神色不变，收回视线继续去收拾地上摊开的行李箱："不用。

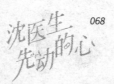

既然付了租金就继续住，我房子装修好就搬走。"

赵暄和哑然，张了张嘴没说出一个字，最后轻声"哦"一句。

距离那天的不欢而散没多久，此刻看见沈长风多多少少还有点尴尬与不安，更别说同住一个屋檐下。可就算要搬走，一时半会儿也不行，房子还没找。

权衡再三，赵暄和拎起购物袋去厨房放东西。

两人各自忙碌着，有条不紊。

沈长风把洗漱用品放进洗手间，抱着衣服出来问："你住的哪间？"

"左手边那间！"赵暄和匆忙说，"对门那间客房打扫过了，不过另一间还没来得及……"

沈长风抱着衣服进去。

等再出来时男人已经换上一身宽松休闲服，头发微乱，又有点像高中时期那个看什么都散漫无聊的男生了。

晚上，两人一起点了外卖。

围在一张桌上给菜装盘时，沈长风忽然问："那天送你回来的，是你男朋友？"

男人嗓音哑而沉，眉眼垂着，表情看不太清，不过听语气应该没什么情绪。

赵暄和放下心回忆了一下，意识到沈长风在问沈之路，连忙矢口否认："不是不是，那个是我以前工作室的同事，正好在 A 市就过来给我过下生日。"

她又想起那束被人扔掉的可怜的栀子花了。

　　"那天……我真的不知道你会来。"

　　赵暄和认为他是在怪自己回来太晚，让他等太久。沈长风以前就是个嫌麻烦的性子，她记得以前有次老师拖堂，沈长风就径直走到她教室门口敲门，笑问什么时候下课，再拖食堂都快关门了。

　　陷入回忆的赵暄和扬起筷子迟迟没有收回来，沈长风替她把盘子推过去，随后又起身倒了两杯果汁拿过来。

　　他将果汁放下："没事。"

　　究竟有没有事，能不能翻篇，赵暄和不敢确定，一顿饭下来任凭她怎么观察，沈长风愣是平静得毫无破绽，似乎那晚生气扭头就走的人并不是他。

　　晚上吃完饭，两人各自洗了各自的碗筷，沈长风先去浴室洗澡，赵暄和就关门在房间里玩手机。

　　微博页面来回翻了好几遍，后来又想找徐时聊会儿天，可点进去后又再次退出来，最后她把手机一丢，整个人埋进被子里。

　　她房间灯没开，正当她的思绪乱糟糟时，忽然，房门被敲了两下，沈长风的声音从外面传进来："我洗好了，你去吧。"

　　"啊，好的！"

　　赵暄和翻身下来，不小心踩到了地上歪七扭八的高跟鞋，一个趔趄，一屁股摔坐在地，痛呼出声："嗞——"

　　沈长风听见动静，对里面的人说："床头柜左侧，有台灯开关，往

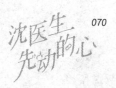

左扭。"原来他发现她房里漆黑一片了。

赵暄和摸索着去找，果然在墙上看见个圆形按钮，她往左扭开，"啪嗒"一声，台灯的暖色光瞬间照亮整个空间。

"还真是。"赵暄和去开门，随口一问，"你怎么知道得这么清楚哇？"

"我以前住这间。"沈长风一顿，"你开衣橱看看，我的衣服还在。"

正扶着打开的衣橱门找睡衣的赵暄和："……"

赵暄和洗完澡出来，沈长风坐在沙发上看电脑，鼻梁上架了副细框眼镜。赵暄和在对面坐下，翻开徐时给她发来的私信。

徐时："剧本要再添点东西，你再想想男女主人公平时相处时有没有什么萌点，一看就少女心爆棚的那种温馨。"

赵暄和捧着手机往后一靠，下意识地扫了眼面前垂眼认真工作的人，然后回复："没有。"

她跟沈长风当初根本就没正经在一起过，即使当时有暗恋的心思在，她也不敢表明，生怕捅破那层纸就有什么东西随之变化，哪里还有什么后续发展。

不过，确实发生过一件让人心跳不已的事情。

那是高中时期分班之后，赵暄和报了自己并不算擅长的理科，竟然跟沈长风分到一个班去了。

沈长风因为身高的原因坐在最后一排，赵暄和坐在他斜前方几排。

教导主任朱霸严查早恋问题，沈长风跟赵暄和平时就心照不宣避免走得太近。

学校食堂里，一个班划一个区，班主任给同学们都安排了固定的位置，每桌固定的人数固定的座位。赵暄和那一桌男生偏多，大家又是正长身体的年纪，每次都感觉跟一群小狼崽子抢饭吃，有时一块肉也捞不到。

赵暄和后面一桌跟她背挨着背的是个瘦小女生，平时坐那儿能多出好大的空间，两人从来不觉得拥挤，可某天她刚一坐下就觉得后背硌上块坚硬，撞得有些疼。

她扭头，对上沈长风漫不经心的笑。

沈长风正夹着一块五花肉，见她看着自己发呆，扬了扬手，故意说："想吃？来，沈哥省给你。"

说着，他真的把那块肉搁进赵暄和碗里，然后转回头跟桌上其他人哄抢去了。

此后，每天中午吃饭，赵暄和身后坐的都是沈长风，偶尔她夹到不想吃的菜，就悄悄扯扯沈长风的衣角，男生就会主动把碗递过来。

这样的日子持续了一段时间，后来被老师发现了。

又是一次吃饭的时候，教导主任朱霸突击检查，将几个私自换位置的同学全都拎到办公室写检讨。

这本来没赵暄和什么事情，但不知道是谁为了转移注意力还是什么，将吃饭时赵暄和与沈长风的互动细节告诉了老师，还说沈长风换位置就是为了赵暄和。

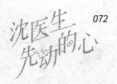

老师觉得你跟谁之前有问题，那么你们就一定有问题。

赵暄和也被拎去办公室谈话，前前后后加起来不下十次。一开始班主任还苦口婆心，说你是个好学生，现在应该把心思放到学习上。

她一遍遍地否认，本来就没做的事她也不会承认，可这些话听在老师耳里就是典型的不知悔改。

后来老师语气变得严厉，说你如果因为谈恋爱而耽误学习，真是太愚蠢了。

最后老师干脆说："行了，你让家长来一趟学校吧，我来跟他们谈。"

赵暄和觉得这下肯定要完蛋，父母知道后非得打断她半条腿不可。

她闷闷不乐地回到教室，心情郁悒。

不料，谈话结束的当晚，班主任又改变了主意。

赵暄和免于请家长，沈长风却在之后的一周都没再在学校出现过。

再见到沈长风时，是她去办公楼送复习资料。

办公室里，高高的男生杵在班主任桌子前淡笑，而班主任气得不轻。

"回去反省一周，回来你就给我交这个东西？"

沈长风一脸笃定："老师，您让我反思的东西我可都反思过了，上面一条也不少。"

"一条不少？但哪一条是诚心诚意的？"班主任觉得自己得来一瓶速效救心丸才能应付眼前冥顽不灵不服管教的刺头学生，平复完心情后，他点着桌面一字一句道，"你跟赵暄和的事……"

闻言，从进办公室起就不配合的人突然敛起笑，沈长风抬手把桌上的检讨团成一团，放进兜里，淡声道："知道了，我去重写。"

赵暄和在沈长风出来前，赶快一闪躲在拐角，心脏狂跳，连手中的复习资料都被捏出湿漉漉的汗渍。

沈长风重新回到班里，不知是不是心里避嫌的小鬼作祟，还是因为老师重点观察着两人动态，赵暄和不再主动找他说话。

下午发试卷经过沈长风的位置时，本来伏在桌上睡觉的人突然直起身子，长腿一展，挡住她的路。

沈长风伸手过去："分我一半，我帮你发。"

赵暄和立马将手中的试卷抽出一沓递给他，视线一秒也没停留。

那边沈长风懒散地在班里转悠着发卷子，这边赵暄和捏紧了手里的纸团——刚刚沈长风接卷子时飞快地塞进她手心的。

赵暄和的心怦怦直跳，草草发完试卷，她赶紧回位置坐下。

她小心翼翼地展开纸团，里头竟然藏着好几朵十块钱叠成的栀子花，她没忍住扑哧一声笑起来。

沈长风龙飞凤舞地在纸团上写了一句话：请你喝汽水，这次事情连累你了。

字的旁边还画了一个小人，正鞠躬道歉。

沈长风故意将小人画得很难看，看着看着，赵暄和笑得更欢快了，心里的阴霾一扫而光。

等第二轮发试卷时，两人默契地同时起身，目不斜视地在班里穿梭。两人在走道相逢时，赵暄和将手里的纸团悄悄塞进男生垂在身侧的手里。

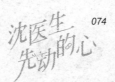

赵暄和的心跳得更欢了。

年少的记忆里，仅仅是在老师眼皮子底下做这样一件小事，也足够让人血液翻腾，心脏狂跳不止。

这是他们之间心照不宣的小秘密。

温馨的回忆到此结束，赵暄和转头看向对面正在看书的沈长风，在心里重重叹了口气。

七年了，她竟然一丝细节都没忘记。

赵暄和望着望着有些出神了，沈长风松了松肩膀，抬头看来，将她抓了个正着。

"有事跟我说？"

"啊……没，没……"赵暄和做贼心虚般扬了扬手机，"刷微博呢！"

沈长风像是没怎么信。

赵暄和想起来这人从国外回来不久，对国内的很多社交软件应该还不熟悉。

想到这里，她好像还没他的微信？

"微博……"沈长风似在思索。

"对，微博，就跟推特一样。"赵暄和兴致上来，三两步走过去在男人身边坐下，将微博主页打开给他看。

可就在页面出来的刹那，一条推送消息弹出来，随着熟悉的"啪嗒"一声系统提示音，赵暄和只瞥了一眼，脑子里瞬间炸开一朵花——这徐时早不发晚不发，偏偏这时发来一条信息，那内容可是不能给沈长风看到的。

她顿时弹开，有些尴尬。

沈长风捎了一个看智障的眼神过来。

赵暄和："哈哈哈……就是突然想起来微博上都是些明星八卦，沈医生平常肯定不看的。"

沈长风重新翻开书摊在膝盖上，抬眼温和道："不看？为什么不看，明星八卦什么的我难道不是最喜欢吗？"

赵暄和语塞。

"奇怪得很，难道不是你在我出国后逢人就说我出国是为了泡妹子吗？"

这……

还真有这么一回事。

求而不得太久，是个人都会生出点莫名的怨怼来，特别是沈长风一声不吭就出了国。她很长一段时间都沉浸在遭遇背叛的阴影里，的的确确对不少来问沈长风行踪的人讲过这样的话。

可这都是陈芝麻烂谷子的事了，还有，沈长风从哪儿知道的？

"哈哈哈，误会误会，谁造我谣呢？"赵暄和着急跳过这个话题，索性将手机递过去，"你有微信吗？加个微信呗，既然住一起以后好联系。"

加微信本来就是为了转移沈长风的注意力，而沈长风的注意力也确实被转走了，只是在思考什么。

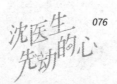

等了片刻，赵暄和以为他不愿意给时，他突然说道："抱歉，跟同事一直是电话联系，回头我申请一个。"

赵暄和没当回事，把手机收了回去。看时间也不早了，第二天两人都有事，她先起身回去睡觉。

关上房门，她呼出一口气，有惊无险。以后跟沈长风住一个屋檐下抬头不见低头见的，还真是件挺考验心理素质的事，看来又要重新找找房子了。

沈长风医院里很忙，每天赵暄和醒来时，他已经收拾好东西出门了，桌上有做好的早餐，三明治、牛奶之类的。

一开始赵暄和不好意思吃，后来发现只要她不动，等到晚上那些东西就会被丢进垃圾桶，于是她就不再顾忌，沈长风做什么她吃什么。

两人就这样相处着，偶尔还能坐在一起聊一聊最近的新闻什么的。

两人一起吃饭时，每当吃到胡萝卜，赵暄和总会将之挑出来。沈长风看见了，皱了皱眉头，随后将自己的碗推过去，语气听不出情绪："作为合租室友以及包揽每天买菜任务的人，我友情提醒一下，最近萝卜在涨价。"

赵暄和不能真的将不吃的胡萝卜挑给他，所以每回面对沈长风不动声色的嘲讽，她只能满含心酸地把它塞进嘴里。

同住快半个月，赵暄和发现自己竟然神奇地吃了好多以前绝对碰也不会碰的东西，生活健康程度也在肉眼可见地飞速上升。

这天，赵暄和回来得有些晚，因为徐时拖着她改了好几个小时的稿子。等到满身疲惫开车到小区楼下后，她发现房间的窗口透出丝丝暖光。

赵暄和抬腕看了眼时间，十一点。

沈长风是个生活作息规律的人，基本不会超过十一点还不熄灯睡觉，因为第二天医院那边有问诊。

黑漆漆的小区里，就她那个窗口透出暖光，远远看着，特别像无边际的暗海上浮着一盏明灯，散发着既温暖又柔和的光。

赵暄和上去开门，客厅里，沈长风穿着睡衣在沙发上坐着，鼻梁上架着眼镜，正对着电脑屏幕敲打键盘。

见她回来，他转身，深邃的眼睛被一层困意笼着，显得反应慢了几分。他合上电脑缓缓起身，哑声说：“我还以为你今晚不回来了。”

赵暄和一身寒气，被房子里的暖气冲得打了个响亮的喷嚏。

“今天工作上的事拖延了一下。”

沈长风去厨房倒了杯水搁茶几上：“喝完睡觉，我先回房了。”

赵暄和在沙发上坐下。喝过温热的水后，她捧着杯子恍惚地想，沈长风会不会在特地等她回来？

这想法很可怕，赵暄和使劲摇了摇脑袋否定。

虽然之前有过暗恋，但她当时年纪小，且已经过去了那么多年，那点小心思已经没有了。

最重要的是，当年他是一声不吭离开的。

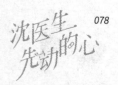

周涵发现最近他们的沈医生心情挺不错，值班护士工作时间聊八卦，甚至私下里偷偷抹指甲油被看见，沈长风也不撑着副冰山脸训人了。

　　男人会无比和煦地点出问题，让她们下不为例。

　　周涵双手撑在桌上凑过去打量沈长风，企图从他身上发现点不同寻常："买彩票中奖了，还是手里的股票一直在涨？"

　　沈长风竟然也接茬，抬眼笑了下："上次你约我，我有事情，今天下班有空吗？"

　　好不容易对方主动约人，周涵立马点头："行啊！有空！有空！"

　　下班后，两人换好衣服就去了附近的清吧。

　　沈长风看着并不是能喝酒的样子，但酒过三巡，周涵悲惨地发现，他这个千杯不醉的人竟然有点被干翻的趋势。

　　沈长风漫不经心地晃着酒杯里的冰块，将脖子上的领带松了松，整个人歪在沙发上。

　　昏暗的光线里，周涵在沈长风对面坐着，看着他那俊朗的样子，一瞬间突然明白了"斯文败类"的深刻意思。

　　像是想到什么，周涵好奇地问："沈医生，我特别奇怪，你这样的人为什么要搞暗恋，那姑娘真不是你前女友？"

　　沈长风低头抿了口酒，笑道："高中同学。"

　　"唔……就仅仅是高中同学？"周涵有点不敢相信。

"是啊，仅仅是高中同学。"沈长风说。

周涵沉默了一阵子，从裤兜里掏出一根烟点上。

沈长风瞥了他一眼，忽然道："也给我一根。"

"你也抽？"周涵很意外，以前虽然见沈长风时不时掏出打火机把玩，却没见过他吸烟。

周涵心里存着疑惑，递过去一根。

沈长风将烟咬进嘴里，动作熟练地掏出打火机点火，唇边慢腾腾地溢出一串烟雾。

他背靠沙发，指尖夹烟，动作懒散。

周涵心里骂了声，这完全是个老手。

今晚的沈长风真的处处让他意外。

"你什么时候开始抽烟的？"周涵问。

"大一吧，有一段时间烟瘾特别大，后来戒了。"

周涵这次机灵了一回，轻声问："因为那个赵暄和？"

沈长风但笑不语，抬手去碰杯，右手点了点烟头，落下一地烟灰。

周涵对那个仅一面之缘的女人的好奇心达到顶峰。

赵暄和是长得不错，但不是让人惊艳的那种，她的漂亮多在灵气，特别是一双杏目，像会说话。

"我觉得吧，没哪个女人会拒绝你。你要不试试跟她告白？"

沈长风过完烟瘾，将手里还剩一大截的烟在烟灰缸里掐灭，低声说："很多年前就被拒绝了。"

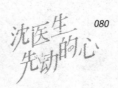

周涵一时想不出话来安慰，只能举起杯子，两人又干了一杯。

沈长风后来有了三分醉意，眼底蒙了水汽，今天到此为止。

两人在酒吧外头喊车。

周涵叫到车先走了，沈长风在门口醒了会儿神。

靠坐在出租车后排，沈长风指尖压在电话簿上，迟迟不点下去。他恍惚觉得今晚真的喝得太多，跟赵暄和之间刻意保持的距离，好像稍不留神就要崩了。

沈长风脑海中有一个声音叫嚣着、怂恿着，要他挣脱理智的约束，让他给赵暄和打电话。

最终，他打了个电话。

"喂？"赵暄和的声音清软悦耳。

他侧头去看窗外，五颜六色的霓虹灯渐次从窗边滑过去，连成模糊的长线。

他听见自己的声音哑得厉害："睡了吗？"

"没，准备点个外卖。你吃过了吗？"

"我也没吃。"沈长风十分耐心。

"那我把你那份也一起点了。"赵暄和说。

"嗯……"

出租车在城市里穿梭，那边赵暄和一直在报菜名，她说一个，沈长风就应一声，显得又乖巧又温柔。

很快，赵暄和意识到不对了，她试探地问："你是不是喝酒了？"

"嗯……"他捏了捏鼻梁，轻声问，"能不能到楼下接我一下？"

对面传来女人浅淡的呼吸声，沈长风屏住呼吸去听。夜风透过洞开的车窗吹进来，出租车司机在驾驶座喊："年轻人，是在前面的小区门口停吗？"

随后，电话那头的赵暄和说："好，我换个鞋下去。"

小区里有个喷泉水池，被很多人当作许愿池了，里面沉着许多硬币。

可能是晚风实在太温柔，沈长风觉得心底某处暂时卸下了经年累月堆积的一些东西，顿时轻盈了许多。他在"许愿池"前停住，抬手摸出一枚硬币。

一掷。

硬币穿过喷泉飞溅而出的水幕，在灯下划过一道优美的弧线。

"叮当"一声响。

是硬币碰撞池底的声音。

沈长风嘴角缓慢牵起，在心里默念着一个愿望。

赵暄和在楼下转了一圈，在"许愿池"边看到了人。

男人坐在"许愿池"边，垂着头出神，西装外套随意搭在右手上，衬衣皱得不像样子，头发也被风吹得凌乱。

她跑过去，俯下身子摇了他两下，轻声喊："沈长风？"

男人脑子里一片混沌，却在抬头对上赵暄和的视线时，眼里的光微

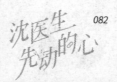

082

弱地闪了下，跟身后细碎的灯光融为一体，好像藏了天边耀眼星宿。

他一直盯着她看，太过认真，整个人魔怔了一样。

"喝这么多！"赵暄和别扭地移开视线，随后抬手在男人面前晃了晃，"喂，沈长风，还能认出我是谁吗？"

一直一动不动的男人忽然伸手，捉住她不安分的手。

沈长风说："别乱动。"

赵暄和的心咚咚咚地跳，血液冲上脑门。

沈长风说完这句话后又垂下头，好似很难受。

赵暄和连忙扶着人起身，忍不住埋怨："下次别喝这么多了，你明天还要上班，今天喝酒真的没问题吗？"

沈长风头歪靠在女人脖颈上，喷出的酒气撩得她皮肤一阵滚烫。

突然，他凑近她说了句什么。

他的声音随风捎进她耳畔，串连起七年前的种种，那是她只敢用文字记录，却不敢公开的秘密。

沈长风说："你后悔吗？"

说完，男人就彻底睡过去，那句话仿佛从未问出口过。

第五章

再不想放开你的手

Shen Yisheng
Xian Dongdexin

"你说他到底是什么意思？"

这是赵暄和一个上午第十遍问徐时了。

徐时正在电脑前火急火燎地修稿，她已经在龙吟社整整三个晚上了，连身上钟爱的黑丝绒旗袍穿得尽是褶皱也不管。

"能有什么意思？你不是说他喝醉了吗？醉鬼的嘴里什么都能吐，何况一句文绉绉的烂大街情话。"徐时头也不抬地冷静分析。

赵暄和撑着下巴坐在徐时对面，时不时地剥一颗瓜子塞嘴巴里。她不死心地问："就没有真心话的成分？例如他后悔了，他想跟女主人公重新开始，就这么旁敲侧击一下？"

"拜托！"徐时丢下键盘抬眼，"那是你书里的男女主人公，感情线怎么走，你这个'亲妈'还不知道吗？你以前立人设也没见你主动跟我讨论过呀，这是你下一本要开的文？"

赵暄和咀嚼着瓜子，含混不清道："没想好呢，就那么一段场景闪了下……"

"就因为一句'你后悔吗'？"徐时倒抽了口冷气，警告，"你这本要是写扑街了，你就死定了，好好写知道吗！"

"知道啦！"赵暄和转移话题，"听说最近社里要搞团建，你去吗？"

"每年团建都去那几个地方，你没去够？"

说话间，徐涛端着茶杯从隔壁办公室推门进来找茶叶，听她们俩在谈团建的事，连忙凑过来插嘴道："哎哎哎，听说这次可不一样，我们公司今年业绩不错，老总说要自掏腰包请我们尽情吃喝玩乐！"

徐时冲着他翻了个白眼，不抱希望："我记得你去年也说过这话，结果呢，整个公司的人去楼下洗脚城泡了半天脚，三十几号人一字排开。"

徐涛挠了挠脑袋，苦笑："徐姐你讲话能不这么犀利吗？"

"那也不及我们上头那位的行为来得犀利，我真的害怕这次是包澡堂集体泡澡，"说到最后，她觉得自己的猜测很有可能成真，"哎呀……好像还真有可能。我这次肯定不报名。"

徐涛又扭头去问赵暄和："那暄和呢？"

"我不去了。"赵暄和笑着，"龙吟社我没几个熟人，到时候可能玩不到一起。"

徐涛："哎，别消极嘛，最后的地点还没定，咱们还有盼头……"

说完，三个人同时沉默下来，这个盼头似乎并不是那么能说得动人。

赵暄和又聊了会儿天才跟泡完茶的徐涛一起回隔壁办公室继续工作。

她准备在社里写完今天的稿子再回去，最近家里气氛奇怪，她枯坐在电脑屏幕前半天，可能连一个屁都憋不出，太影响效率了。

徐涛突然想起来自己的房子已经租出去一个多月，还没关心一下用户体验，所以特地关切地问了句："暄和，房子住得还习惯吗？"

"哦，还有，我那个朋友很难相处，你别跟他一般见识，就当家里

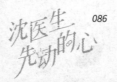

多了团会动的空气就行！"

徐涛嘻嘻哈哈，将真挚的目光投向对面的女人，企图获得反馈，然后就发现赵暄和敲键盘的动作停在那里。

徐涛："怎么，沈长风那小子惹到你了吗？"

"哈哈哈哈，怎么会，沈医生还是蛮好相处的。"

"真的吗？"徐涛疑惑，他跟沈长风认识多年，深知对方的性格，好相处这个词似乎不太适合形容对方。

"真的……"赵暄和再三肯定。

于是，单纯的徐涛信了。

下班了，沉寂了半个多月的工作群这时没有任何征兆地炸开了，不知道是谁先起了个头，说："兄弟姐妹们，我刚刚从总监办公室出来！你们猜我听到什么惊天大消息了！"

下面是徐时的回复："你都说是惊天消息了，凡人能猜着？"然后随手附赠一白眼。

赵暄和忍不住笑出来，继续翻看下面的信息。

那位爆料惊天大消息的老兄并没有因为徐时这句扫兴的话而噤声，还在活跃。

"是团建啊！我在办公室听到总监在订酒店！我们团建要去隔壁市的度假村啦！"

这倒是挺意外的，赵暄和跟徐涛互换了一个眼神，都从彼此眼中看到了不可置信。

徐时继续冷漠地回应："哦，度假村，这年头结萝卜青菜的巴掌大农家乐也可以叫度假村了？"

这位仁兄深谙事实胜于雄辩的道理，反手"啪啪啪"直接甩上来几张酒店细节图。

"就是这家！我刚刚百度了这家酒店地址，就是Q市路易斯度假村！啊啊啊！"

赵暄和点开图片看了看，发现还真像那么一回事。她抬头："路易斯度假村？你们之前去过吗？"

徐涛也震惊了："我们今年业绩得多逆天哪……我们有这么棒？"

他给赵暄和解释："你知道光大产业吧，搞房地产那家公司，路易斯就是他们旗下的资产，在一众度假村里算这个，"他竖起一个大拇指，"龙头老大。"

赵暄和也觉得十分不真实。

可更不真实的事紧接着发生，总监亲自在大群里艾特群里成员，骄傲地宣布：此次团建目的地，路易斯度假村！

徐涛："我觉得我们可能干翻了整个同行，我们真的太强了……"

团建的日子就在明天，赵暄和还要打包行李，连带替徐时带点生活用品，因为徐时到时候肯定只记得带换洗衣服，别看平时雷厉风行一女人，其实只是个脱离人工软件就完蛋的"常识废"。

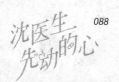

赵暄和操着一颗老母亲般的心。

沈长风看着她忙进忙出收拾东西，好奇地问了句："你最近要出远门？"

自从醉酒事件后，男人好像将那晚的一切忘得一干二净，醒来后只字没提。

"嗯，明天公司团建，得在那儿待上一两天。"她将视线从沈长风好看的喉结上移开。

这个男人，喝水都喝得十分性感。

沈长风搁下杯子，平淡地扫了她一眼，说："正好，我也要出去接个诊，不在家。"

赵暄和点头，准备听他后续还要吩咐什么，他却又将视线转回电脑上，只干巴巴地说了一句："出去了就好好玩，安全最重要。"

赵暄和一一应了。

第二天，赵暄和跟徐时一起坐早班车往隔壁市去，龙吟社的员工都是自行结伴，最后在酒店会合。

徐时果然只带了一包衣服，一路上拉开赵暄和的小背包挑拣零食吃。吃着吃着，她突然来了句："你带泳衣了吗？"

"泳衣？"赵暄和有点迷茫，"山上有海的吗？"

徐时用"你看你这就孤陋寡闻了吧"的眼神瞅她，开口道："是温泉，去路易斯不泡温泉不算来过路易斯。你知道他们那儿最有名的药泉多厉害吗？据说泡上个一两个小时能年轻一岁！"

赵暄和："那泡上一天我是不是能塞进娘胎再来一次？"

徐时："你这个无趣的女人。"

虽然嘴上这么说，但女人本性爱美，一到酒店赵暄和还是跟着徐时先去温泉池转了一圈。

才下午，温泉里已经有许多游客，水面上浮着木制小托盘，各类酒水在上头晃悠悠地漂着，想喝了伸手就能够着。

徐时啧声："这地方，我能待一辈子，等我攒够钱我要在这里养老。"

赵暄和替她算了下工资，抬眼配合着惊喜地"啊"了声，高兴道："不用很久，一百多年就够了呢。"

徐时："……"

不到半个小时，龙吟社全员到齐，三人一间房，跟徐时、赵暄和分在一起的同事叫宋之佳。

宋之佳是一个娇小玲珑的小姑娘，很懂化妆，大波浪披肩，见人就甜腻腻地喊姐，在龙吟社里人缘极佳。几年混下来，她竟然也坐到外稿主编的位置，跟徐时平起平坐。

三人分在一间，自然需要同出同进，徐时对宋之佳喜欢不起来，女人有莫名的第六感，能不能处看面相就知道。

"没事别搭理她，这丫头贼得很。"晚上吃饭的时候，徐时偷偷拉着赵暄和去洗手间，特地嘱咐了一句。

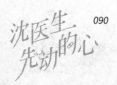

赵暄和不常去社里，对里头的人情世故不通透，虽然徐时这么说，但性子使然，她也不能公然对宋之佳冷淡。

　　她笑着应："知道啦！我跟你才是天下第一好，不会胳膊肘往外拐的！"

　　徐时轻哼了一声离开，走时提醒赵暄和晚上八点去温泉那儿集合，泡完还有活动。

　　赵暄和自个儿先在附近转了一圈，发现路易斯度假村果然大，商业街纵横，不是旅游的高峰期，却还是有很多过来游玩的旅客。

　　华灯初上，金碧辉煌的酒店大楼就在身后，赵暄和先去卖泳衣的店里给自己挑了件保守的泳衣。

　　她其实身材不错，但一群人泡在一个池子里，多少有点尴尬，她没有盯着别人身体看的癖好，自然也不希望别人过分打量自己。

　　时间还早，有巡警坐着巡逻车开过去，鸣笛让开一条道来。树枝上挂着一闪一闪的小灯泡，各种颜色都有，特别像过圣诞节时，广场上罗列的圣诞树。人群熙攘热闹，偶尔还飘来一阵子烧烤店烤串的香气。

　　赵暄和又走了会儿。

　　而同时，路易斯酒店三楼的高级套房里，客厅中央的沙发上正襟危坐着一位西装革履的中年男人。

　　他的视线在对面垂眼收拾医疗箱的男人身上来回转悠，还是没忍住问了句："沈医生，家父的病情好些了吧，这几个月可一直按着医嘱吃药来着……"

沈长风摘下一次性手套，头才抬起，旁边已经有人递来热毛巾，他接过擦了擦手，嗓音低沉喑哑："再吃一周消炎药就行，复健还要坚持做。"

"是是是，复健肯定一直在进行。"男人长舒一口气，终于把视线从紧闭的房门上移开，声音也放大了些，"之前一直是贵院刘主任过来，但这次刘主任在外地抽不开身，只能麻烦沈医生跑一趟，实在是对不住，不如沈医生就在这儿住一段时间，我让人……"

"不用了，医院还有事，就不在这边叨扰。刘主任是我老师，算不上麻烦。"

身为光大产业准接班人，盛情邀请之下肯定有想结交的意思。可沈长风始终不咸不淡应对着，似乎并不看重光大在此地的地位跟身份，甚至还有刻意疏远拒绝的意味。

周继光不禁对这个年轻医生更加另眼相看，加上父亲后续的治疗还得麻烦人家，他再次客气留人："现在夜深，下山的路不好走，沈医生住一晚再走不迟。我们酒店有特色温泉，对身体十分有益处，沈医生可一定要去试一试！"

沈长风往窗外看去，浓郁的黑暗扑面而来，山上除了山风只剩树木，这些树木被摇得簌簌作响。他突然想起来赵暗和今天不在家，一旦回去，他就得面对空无一人的房子，似乎挺无聊的。

见他有松动的征兆，周继光连忙吩咐旁边的管家，招呼道："还不快去单独开个浴汤给沈医生，再收拾出一间房来。"

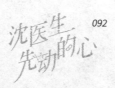

沈长风制止："不用单独，跟其他人一样就成。"

依旧是客客气气的语气，但周继光听出里头笃定跟不容商讨的味道。周继光不再勉强，叮嘱下面人全部按着沈医生的喜好来安排，顺便又给他介绍了几处度假村风景不错的地方。

沈长风的行李被服务生先推到房间，拿过房卡，他顺着楼梯下去，可才堪堪走过一层，就听见楼下大厅里传来一道熟悉的嗓音。

他挑了挑眉，有些意外，索性站住不动往下瞧去。

"你还不如买个麻袋将自己严严实实封起来！"徐时展开赵暄和新买的泳衣时要笑死了。

赵暄和拎着泳装袋子，她们现在直接往温泉那边去，一路碰到不少刚泡完澡出来的女人，身材凹凸有致，看得徐时直感叹。

"脱了后你明明可以碾压性胜利，看看你这葱段似的腿！"

赵暄和被徐时逗得直笑，穿过大厅往偏厅大门走，温泉池在门后头。她边应付着徐时来掀她裙摆的咸猪手，边打趣："用不着我，光你一个就够碾压全场的了。"

赵暄和清脆悦耳的笑声渐渐远去，楼梯上的人也动了动，转头问："温泉是在偏厅那头？"

沈长风身后跟着的服务生目睹全程。他先是见这位冷淡疏离的沈医生突然停下来不走，随后目光便一直追着楼下两道身影，神情认真，仿佛要将人刻在脑子里一般。

不过，他还是老实地答了："是，全在偏厅，楼梯下去右拐推开门就到。沈医生是要泡温泉吗，我让人准备衣服？"

"嗯，麻烦你。"沈长风抬腿往刚刚赵暄和离开的方向而去。

赵暄和跟徐时换好衣服下池子的时候，好几个同事已经泡在温泉里了。

这是个男女共用的大汤池，环境清新雅致，四周绕了一丛观赏用的花树，半露天，白天看倒没有现在这样惊艳，此刻抬头能透过玻璃天窗看见头顶繁星闪烁的夜空。

里头水汽缭绕，因为空间较大，中间用几扇竹帘子隔开，大家心照不宣自动按男女性别划分范围。徐时跟赵暄和先后下水，两人在温泉池里泼水嬉闹，其余人拿着酒杯靠着池壁闲聊，不时朝她们两人看上几眼。

徐时的身材是真的好，平日里穿旗袍就能初见端倪了，不知道是谁起了个头，忽然有人冲着徐时的方向吹了声口哨，不远不近地喊："徐姐！你刚刚被我们推选出来本场身材最佳啦！"

"扯犊子呢！"徐时故作凶狠地挥了挥拳头，"姐姐我是本场最佳还需要票选？显而易见好吧！"

"行行行！徐姐说什么都对！哈哈哈！"

赵暄和将身体沉入水里，露出两只扑闪扑闪的大眼睛憨笑："发现没有，好多男人从竹帘缝隙偷偷看你呢！"

徐时转过头冷哼一声，自顾自玩水去了，不搭理四周投来的视线。

赵暄和乐着，又看见徐时跑到离自己不远的竹帘子，正背对着自己

沈医生先动的心

专心致志地俯身挑酒水，脑中灵光一闪，想偷偷潜过去摸她一把吓她。

赵暄和小心翼翼地靠近。

室内温度过高，为防止有人在里面气闷，头顶通风的窗口都开着，此刻轻柔的晚风慢悠悠地钻进来，竹帘子小幅度地翻动了两下。就在竹帘子掀动的那两下，透过间隙，对面的事物全部落入赵暄和的视线。

下一秒，她就听见一道熟悉的声音。

她愣怔片刻，徐时这时已经捏着酒杯转过身来，而她伸在半空想去摸女人屁股的手还没来得及收。

徐时看着她，挑了两下眉。

接着，巨大的水花扑面而来，徐时边掀着温泉水去糊她的脸，边叫："赵暄和，你胆子肥了呀？你衣食父母的屁股也想摸？来！我给你摸，来来来，摸个够！"

赵暄和被徐时挠得直笑，可徐时力气大，她敌不过，只能被逼迫着喝光酒杯里的红酒。

温润的酒水滑入喉咙，赵暄和轻舒了口气，觉得身心舒畅。

"酒也喝了，徐时你够了呀，快放开我。"

"一杯不够，再来一杯。"

她拖着赵暄和去够酒杯，没注意赵暄和此刻正抬起一只手揉着被水里的石头轻轻磕到的脚踝，这一拉扯间，她身体没稳住，摇摇晃晃地扑向竹帘，往另一边倒去。

赵暄和第一个念头是抓个什么东西稳住身形，可竹帘是能动的，她

095

整个人往前扑去，慌乱中，撞进一个温热的怀抱里。

她想，完了，丢人丢到家了。

赵暄和慌忙站直身子，抬头，便看见了沈长风的脸。

原来刚刚听到沈长风的声音并不是错觉，竟然真的是他。

可眼下这境况比撞了个陌生人还要尴尬，赵暄和耳尖发烫。

沈长风只穿了条泳裤，泡在水里，上半身赤裸着，浑身肌肉紧致，标准的倒三角身材。

男人气场强大，即使只穿了条泳裤，也没露出丝毫尴尬，只是微抬手臂，扫了眼上面刚刚被抓出来的三道指甲印，长且鲜红。

赵暄和脸颊红得厉害。

赵暄和的目光在沈长风身上游离，却又不知道落在哪里才合适，最后只能垂眼看水里滑溜溜的鹅卵石化解尴尬。

"你的手……手没事吧？"

"你觉得像没事的样子？"沈长风轻笑反问，随口道，"赵暄和你属猫的吗，上来就挠人？"

"实在抱歉……"

赵暄和忙又道："那……疼吗？要不要上来处理一下？"

"这次站稳了吗？"沈长风扫了眼她局促不安的模样，"要不要再给你扑一下？"

赵暄和的脸火辣辣的，忽然觉得这温泉水温实在太高，烫得她微微

沈医生
先动的心

不适。

　　幸好，救兵徐时到了。

　　女人涉水过来，看见沈长风，惊讶了一瞬，随即神态自若地打招呼：
"原来是沈医生，好巧。"

　　"徐小姐。"他十分客气，但距离感很足，几乎一说完又转回去看
赵暄和了。

　　沈长风瞳色偏深，专心看东西时眼底那抹黑仿佛下一秒就能将人吞
噬干净，故而很容易让人产生无形的压迫。

　　这也是为什么不苟言笑的沈长风给人不好相处的感觉的原因。

　　可此刻，徐时安静地看着他，却旁观着他对赵暄和用了另一种眼神，
那眼底藏了耐心十足的认真与温柔。而一旁赵暄和就像是被捏住脖颈的
猫，将利爪收起，显得十分乖巧。

　　她品出两人间不同寻常的氛围。

　　"沈医生也来这儿度假？"下一秒徐时就笑盈盈地道，"上次暄和
脚崴了的事还没正式跟您道过谢。"她挂着端庄的笑容伸手捅了下旁边
始终噤声的人，"现在遇见了，还不请人家沈医生吃个饭？"

　　赵暄和迷惑："嗯？"

　　徐时装作看不见："正好我们晚上有个聚会，要不沈医生就跟我们
一起去吧。大家都是朋友，不用拘束。"

　　沈长风将目光转向赵暄和，突然问了句："不知道会不会让赵小姐
难办？"

097

两人隔了不远不近的距离，甚至刚刚那一扑，沈长风身上的味道还在赵暄和的鼻尖缭绕，是类似于草木的香气。然后赵暄和就发现他故作不经意地抬起那只负伤的胳膊，眼帘垂下，扫了两眼伤口，眉头蹙起。

　　这下徐时也看见了，惊呼："天哪，这是刚刚暄和挠的？那沈医生可更得跟我们吃饭了，我相信暄和一定也是这么想的！"

　　徐时就像一根搅屎棍，三两下又把问题踢回来，于是赵暄和又发现沈长风在看她。

　　她只能笑道："是，我也想请……"

　　"好意心领了。"沈长风嘴角微翘，终于在今晚露出为数不多的畅快笑容来，眼里亮起篝火，倒映出赵暄和茫然的一张脸，"我今晚约了朋友，下次吧。"

　　"那也行，到时候沈医生可得守约啊！"

　　"一定。"

　　接下来好像也没什么可聊的了，她们准备重新撩开帘子回那边去，因为这短短几分钟内，徐时已经瞥见好几道黏黏糊糊的视线从她身上溜过。

　　可对面沈长风始终保持风度，说话时礼貌性地直视她的眼睛，其他地方一点儿没看。

　　这个男人确实十分正直。

　　"那不打扰沈医生了，我跟暄和先过去了。"

　　"好——但赵小姐能不能先留一下，我还有几句话要说。"

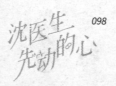

徐时点头，深深看了赵暄和一眼，先回去了。

这里又只剩了她跟沈长风两个。

树影晃动，还不时有穿着泳衣的人从小径那头走过来，气氛安静又放松，抬眼看去，头顶的星星又多了一片，赵暄和缓缓动了动身子，靠上池壁。

"沈长风，你怎么在这儿？"她皱着眉。徐时是很敏感的一个人，肯定也看出了两人间的不同寻常，之前已经瞒了她那么久，要是现在被捅出来等会儿回去恐怕又是一阵鸡飞狗跳。

沈长风看出赵暄和脸上闪过的微恼，她有个可能连自己也没发现的坏习惯，但凡心虚或者心情不妙的时候就爱揪衣服下摆。

泳衣没有下摆，赵暄和就用指尖钩着两侧垂下的绳结。

沈长风看着她轻笑："你之前可一直喊我沈医生的。"

不知是不是她的幻觉，"沈医生"三个字被沈长风低沉沙哑的嗓音刻意咬重了。

赵暄和瞪大眼睛，十分惊奇："沈长风，你是不是喝酒了，怎么奇奇怪怪的？"

她伸手在男人面前晃了两下，却在半空中被截下，沈长风一只手扣住她手腕，另一只手去碰她脚踝，沉声道："刚刚看你扭了一下，有没有碰着？"

"没有！"赵暄和往后一跳，恨不得落荒而逃。她现在更坚信今晚的沈长风十分奇怪，以往像这种亲密的举动他是决计不会做的。

"我看看。"沈长风不死心还要弯腰。

想起男人身上滚烫的温度，赵暄和赶紧去推，做贼心虚般往后缩了缩脑袋："真不用，没扭着，能蹦能跳。"

沈长风没勉强，直起身，松开握着女人手腕的手。指尖的柔软触感还在，他有点不自然地攥紧了垂在身侧的手。

赵暄和快被这古怪的氛围折磨死了，她恨不得飞奔回家翻翻同学录，看看眼前这个沈长风到底是不是她认识的那个。

如果他不是故意逗弄她，那只剩下一个可能。

赵暄和心里的那个微小奢望快速抽芽，不，不能再想了！

赵暄和只想快点离开，已经语无伦次到毫无逻辑了："不好意思哈，我现在有点事，我突然想起来刚刚徐时喊我去改个稿子，社里最近工作有点多，我得去加班了，我还要去吃晚饭，我得走了……"

她絮絮叨叨，迷茫着不知道往哪个方向去，沈长风友好地替她掀开帘子，叮嘱她："走路看着点，我不是回回都能在你对面。"

赵暄和险些一个踉跄再次绊倒。

徐时已经跟几个同事换好衣服在大厅里等着了，没一会儿便看见小跑过来一道身影。

"跑什么，小脸煞白煞白的，见鬼啦？"徐时优雅地跷着腿，一副淡定从容的样子。

可赵暄和知道这是风雨欲来的前兆。

100

沈医生
先动的心

"你现在什么也别问，我自己都乱得很。"她主动告饶，"等我想明白了再告诉你。"

徐时善解人意地点头："行，跑得了和尚跑不了庙，我还怕你溜了不成？"

因为第二天要组织外出烧烤，不少人已经回房间睡觉去了，剩下几个熟识的叽叽喳喳聚在一块唠嗑。赵暄和与徐时两人说话声音低，一时谁也没注意这边气氛微妙。

徐时没再逼问，兴致勃勃地抬头朝人群道："玩什么决定了吗？"

徐涛转身招了招手："你们快过来！游戏定了，可刺激了，你们来听一听。"

被围在圈子中间的是龙吟社的一位新人编辑，负责古风小说。小姑娘是个资深女文青，此刻绘声绘色道："讲个应景的吧，从前有座山，有位猎户姑娘住在里头，一天白衣书生来山里采药，两人一见倾心，那可是金风玉露一相逢……"

旁边立马嘘声一片："讲重点！讲重点！"

"行，后来书生惹了事，官府的人追杀他，他再次逃窜到山上，与姑娘成了婚。"

徐时侧眼瞥了下赵暄和，发现对方已经差不多冷静下来，正认真地听那小姑娘漫天胡侃。

"时日一久，书生对山中日复一日的日子开始厌倦。恰巧那年科举，

101

书生便辞了姑娘下山考试去了，承诺一旦及第就过来接她。"

"按着故事走向，必定是个悲剧，不是负心郎就是佳人早逝。"大家都是看稿多年的前辈，听了前半段大体已经猜出故事全貌。

"是啊，书生娶了京城漂亮千金，怕前尘往事被揪出来，派人暗中回山去杀猎户姑娘，可不料杀手去的那夜，书生在家离奇暴毙。"小姑娘眯着眼神秘兮兮道，"最最奇怪的是，书生死后，派出去的人回来禀报，并没有找到什么荒山，更别谈什么猎户姑娘了……"

"那这跟我们今天的活动有关系吗？"人群里总算有个没被带跑的，举手发问。

所有的目光再次转向圈子中间。

小姑娘一耸肩，无辜道："没有哇，就是应景，随便一说嘛。"

"嘁！"

众人一哄而散。

赵暄和被逗笑了。

"哎哎哎！"小姑娘着急了，"别急着走哇，其实也不是一点儿关系没有，不是说玩冒险游戏嘛！我这是在给你们制造氛围！"

"你就胡扯吧！"有人笑着骂。

嘻嘻哈哈半天，最后还是定了原先讨论的冒险游戏。徐涛念着比赛规则："先分组。大家看一下手里的签，抽到相同号码的两人结伴，规则是到达地图中指定位置，把小组旗插在中央空地上，拍照为证，最后赢得第一的队伍有两百块奖金哦！"

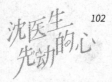

晚上往山上走的确考验胆量，赵暄和不是个图刺激的性子，本来都做好回去睡觉的准备了，但徐时听说是个冒险游戏立时精神抖擞，硬要她陪着玩两把。大家兴致正高，她也不能扫兴，想了想便点头答应。

字条分发下去，大家你看看我我看看你，开始寻找各自队友。

"我是七，你呢？"徐时把手里的字条展开，问赵暄和。

"我是四。"

正说着话，徐涛跟宋之佳并肩走过来："看来我俩的搭档是你们俩了。"

徐涛抽中的七，宋之佳把一张写着大写的四的纸张在手心展开，笑吟吟地说："我跟暄和一队，还要请暄和多担待。"

徐时挑了挑眉，目光不善，扭过头问徐涛："我现在反对以抽签方式组队，还来得及吗？"

"徐姐，发扬游戏精神啊。"知晓徐时跟宋之佳不对付的徐涛笑得万般无奈。

赵暄和也赶紧拉了徐时一把，轻声道："玩个游戏而已，你不是想玩游戏的吗？走走走。"

赵暄和把人推到徐涛身边，徐时哼了声，抬脚便走。徐涛因为担心两个姑娘结伴会有安全方面的隐患，于是又嘱咐了她们两句，才赶紧跟着徐时离开。

时针指向九点，四周漆黑一片，酒店金碧辉煌的灯火离得越来越远。

走了一路，一直沉默的宋之佳忽然出声喊住她："暄和。"

赵暄和："嗯？"

"你跟徐姐关系很好哇。"宋之佳笑了笑，露出点少女的天真模样，她轻轻踩过地上的枯枝，"她好像很担心你跟我在一起似的。"

想起徐时跟自己说的话，赵暄和有些尴尬，不自在地遮掩道："徐时平时就那样，你别放在心上。其实你和她慢慢相处，会发现她是个挺好的朋友。"

"是吗？"宋之佳扯了扯嘴角，打着手电筒继续往前走，可才抬脚走开两步，她却忽然停下步子，拉住赵暄和的手臂，压低声道："你听到什么声音了没？"

赵暄和赶紧凝神去听，可四周除了寂静还是寂静，在黑暗中什么也瞧不清。她神经紧绷，努力维持镇定："没听见……是什么？"

宋之佳有点恐惧，手收紧，压低声音说："好像是脚步声，就在附近，我也不太确定，风声太大了。"

风吹过，仔细听还真有一丝杂音掺在里头，赵暄和飞快道："别怕，我们赶紧往前走，走快点。"说完，她率先大步往前走，这时宋之佳却像被吓破胆似的站在原地一动不动。

"还站着做什么，赶紧走哇！"赵暄和扭头催。

宋之佳苦着脸："暄和，我腿软，使不上劲……"

"我来拉你。"

宋之佳摇头："不用，你走慢些吧，我在后面跟着。"

赵暄和心急如焚，她不敢确定那脚步声是不是宋之佳的幻听，但为

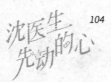

了安全起见，还是离开为妙。但宋之佳的掉队让她心里闷着火气，还又不能把人丢这儿不管，天知道她也很害怕呀！

赵暄和扫了眼四周，咬了咬牙道："你跟紧些，遇到情况或者跟不上了直接喊我。"她慢下来，挥着手电筒往前方黑暗里照了一圈。

晚风呼啸，在静谧的夜色里，赵暄和积压的慌张与恐惧渐渐在心底沉淀，没走一步高跟鞋都陷在松软的泥土中，好像地下伸出一只大手要拖着她往深渊里坠。她喘着气扭头："宋之佳，你看一下……"

然而话却卡在了喉咙里，她顿时变得迷茫无措。

身后无边的黑暗里，哪里还看得到人影。

赵暄和这一辈子就没遇过什么挫折，家庭美好，父母和睦，成绩也不错，人生不如意的事情只有那么两件。

一是高三那年跟沈长风不欢而散，想说的话不曾说出口，但那只能称为年少时的求而不得，再惨也是美好青春中的一笔。

另一件是她在自己喜欢的事业上摸爬滚打好多年也没有什么起色，直到现在才看见曙光。

写了无数狗血情节，她死活想不到自己竟然也会有沦为狗血情节的实践者的一天。

宋之佳竟然明目张胆地阴她。

夜风簌簌，无措跟惶恐再次席卷赵暄和。

徐涛安排搭档时给每支队伍发了张地图，是来度假村必备的攻略，上面详细标注通往山顶以及下山的路，可现在，地图被宋之佳带着一起跑了。

赵暄和摸出手机，没有信号！

心理彻底崩溃，什么破第一，她此刻一点儿也不想要，她只想赶紧下山。

山上开始起雾，月光朦胧，星光暗淡。

赵暄和喘着气开始狂奔，手电筒挥舞出狂乱的光柱，切破雾气，笔直往前。跑得猛了，脚踩到枯枝，她就这么摔倒在地，手电筒飞出去老远。

有泥土的气味扑鼻而来，一瞬间，她才真正感受到什么叫孤立无援。此刻脑海中慢悠悠地浮现出一张熟悉的脸，她鼻头一酸，突然好想他。

她想沈长风了。

赵暄和拖着身子挪到树下把整个头埋进膝盖之间，头发披散，紧绷的肩膀开始抖动。

酒店门口，其他队伍到齐了，只差赵暄和跟宋之佳。

所有人热热闹闹地聚在一起讨论路上的趣闻。

等了一会儿，不远处的小路上有一个人一瘸一拐地走过来。

宋之佳脸上灰扑扑的，衣服上也沾了无数泥点。

一见到大家，她眼泪一下子滚下来。

"怎么回事，摔了一跤吗？"

众人围上去，七嘴八舌地发问。

徐时本来兴致勃勃地靠在门口给赵暄和编辑消息，她跟徐涛的组合特别给力，半个小时就下来了，是第一。

宋之佳苦着脸跟跟跄跄地走过来，等看清楚她是一个人时，徐时脸色瞬间一变，挤开众人揪住她的手臂："赵暄和呢？她人呢？"

宋之佳哭着拼命摇头："不知道，我不知道。我跟暄和走散了，我就想着她会不会先下来……"

"地图呢？"

"在我这儿……呜呜呜，徐姐，怎么办，我不知道暄和去哪儿了……"

"你不知道谁还能知道！"徐时气得身子抖动，抬起的手就要照着女人的脸来一下，却被徐涛拦住。

"别着急，我们所有人上去找，总能找到的。"

"你看不出来这女的在阴赵暄和吗？"

徐涛："徐时！"

酒店门口乱成一团，经过的客人频频回头打量。

周继光跟沈长风刚从外面回来，就看见这番景象。

周继光一脸茫然："怎么了这是？"

沈长风顺着他的视线看过去，一眼便看见正中央虎着脸的徐时，再找了一圈，脸色慢慢沉下来。

随后周继光就看见沈长风快步过去。

徐时还在骂，沈长风的声音打断她："赵暄和呢？"

他的第六感是赵暄和出事了，因为徐时的表现十分激动，恨不得扑上去把对面的人撕碎。

107

果然，徐时指着宋之佳鼻尖冷笑："她！她把暄和一个人丢山上了！现在电话也打不通。"

沈长风一颗心猛地沉下去。

下一秒，人已经冲了出去。

"哎！你去哪儿？"徐时在身后喊。

"山上。"沈长风头也不回。

他走得匆忙又慌乱，徐时连忙抢过宋之佳的手电筒跑过去塞给他："暄和交给你了，我在这儿等，也许她自己找回来了。"

"好。"沈长风拿过手电筒就走。

赵暄和缩在树下，尽力让自己不哭出来，冷静了会儿，她站起身捡起手电筒找路。

夜里的路看在眼里几乎一模一样，建设许久的信心再次以退潮般的速度消下去。

就这么漫无目的地又走了十来分钟，她又在一棵树下坐下休息。

实在走不动，那就等人来找，徐时等会儿肯定能知道她没回去，对，不用怕……

赵暄和一遍又一遍地在心里分析现状，她捡了一根树枝，在泥地上罗列各种备用方案。

写了一半，忽然听见有人出声喊她。

"赵暄和。"

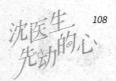

是熟悉的嗓音，不过很是沙哑，甚至有点抖。

朦胧月光下，那人靠近，轮廓熟悉。

她就这么僵住了。

"赵暄和……"沈长风打着手电筒，站在她身前半米处，微微俯身看她。

赵暄和仰着头望向他，眼底越来越酸涩，本来酝酿发酵得几乎下一秒就要爆发的委屈与无助，就这么沉溺在他黝深的视线里。

她丢了树枝，拍干净泥土站起身，吸了吸鼻子故作轻松地说："沈长风，你的手电筒快没电了……"

"我知道。"

"你怎么找到我的？"

"山就这么大，总会找到的。"

他慢慢垂下眼帘，低声道："别哭了……"

赵暄和在最害怕的时候没落泪，此刻，却再也忍不住了。

沈长风替她抹干净眼泪，长臂一揽，将人小心地护进怀里，哑声道："不怕了……"

"沈长风，我刚刚摔了一跤，脚疼。"怀里的人哽咽出声，泪水浸透他的衣服。

"上来，我背你。"他蹲下身子。

将人背好，沈长风又小心翼翼地往前走。

背上赵暄和打着手电筒，堪堪能照亮脚下。即使依旧置身黑暗，她一颗心却平静下来，看着男人宽大舒适的背脊，她的脆弱和无措刹那消失无踪，内心安定又踏实。

赵暄和忽然又想起什么，垂在两侧的脚轻轻踢了下沈长风的小腿，问："给你讲个故事要不要听？"

沈长风的声音闷闷的："别乱动。"

片刻前还在哭的人，转眼间又活泼起来。想到这里，他嘴角一点儿一点儿扬起来，喉间溢出一声轻笑。

"哦。"赵暄和又轻踢了他一脚。

"听。"

赵暄和重新高兴起来。

下山的路反正又长又寂寞，她就靠在沈长风背上将那小姑娘的故事复述了一遍。

讲完，她兴致勃勃地发问："怎么样？"

"什么怎么样？"

"啧，你真的太闷了，你现在怎么这样啊？"赵暄和手里的手电筒彻底熄灭，她重新打开另一个。

光线再次亮起的时候，沈长风说："那个书生一定会后悔。"

"是吧，我也觉得。"赵暄和哼了声。

沈长风停下将人往上托了托，继续往前。

月色洒满林间，也不知是谁的心跳乱了节奏。

赵暄和不敢贴沈长风太紧，夏日衣衫薄，她担心自己悄悄生出来的

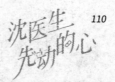

小思绪会通过心跳偷偷告诉他。

　　她侧头无声地笑。

　　此次山行，没有遇见什么红衣美艳的猎户姑娘，却遇见了故事的另一面。

　　白衣书生跨越艰险山路，像天神一样降临在她面前。

　　温柔夜风里，他俯身朝她伸出手，拉住，再也不想放开。

第六章

他情有独钟的赵暄和

Shen Yisheng

Xian Dongdexin

龙吟社进行了人事调动，宋之佳不知道为什么突然调到了徐时这组，两人都是主编，一山容不得二虎。

　　"我觉得宋之佳在针对你。"赵暄和搅着杯子里的咖啡，"你真没得罪过她？我说的不是平时随意开个玩笑的那种，比如在某个重要的事上，你仔细想想？"

　　"你可太天真了，今天姐姐就给你上一课。"徐时撑着下巴慢悠悠地道，"在职场里可没有什么得罪不得罪的，只要你挡了人家往上爬的路，在别人心里就该死，懂吗？"

　　"真是，小孩子家家的还挺天真。"她嘲笑赵暄和，"总编快退了，宋之佳在跟我争位置呢，可我手下不是有个特懂事的你吗？"她趁机摸了一把赵暄和的脸蛋。

　　徐时突然想起一件事。

　　那天，赵暄和被沈长风背下山，可是所有人都看见了。

　　沈长风全程黑着脸，连徐涛都惊呆了："我的天，老沈这是爆炸生气呀，我还没见过几次他这样呢。暄和说跟他住在一起很和谐，这话我真的信了。"

　　徐时捕捉到什么，问："跟沈长风住在一起？谁？赵暄和？"

113

"是啊。"徐涛惊讶，"暄和没跟你说？上次她找房子，我手上正好闲置着一套房子就租给她了。不过后来发生点事，沈长风跟暄和就成了合租关系。"

……

徐时记得这茬儿，只不过回来忙着跟宋之佳新账旧账一起算，没抽开身问，现在可算腾出时间来"审讯"。

"沈长风到底跟你什么关系？我之前竟然信了你的胡话，什么普通同学，普通才有鬼！"

赵暄和投降般认输："姐姐你小点声，这是公共休息室，整个社的人都快听见了！"

徐时压下声音，好奇道："以前有过故事？"

"没有。"赵暄和垂眼，叹了口气，"我高中时期喜欢过他。"

"现在不喜欢了？"

"不知道。说实话，我自己也不知道。我们太久没见了，我担心是以前的情绪在作怪，再加上我那本书……"说到这儿，她戛然而止，慌忙去看徐时。

徐时感受到异样，挑了挑眉："什么书？"

赵暄和："……"

故事特别长，赵暄和从未想过某一天会亲口讲给一个局外人听。年少的遗憾像极了不够辣喉的烈酒，喝进去没有期待中的舒畅，将说未说

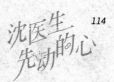

的话随着那酒卡在喉头，最后变成算了吧，这样也好。

徐时听完完全震撼了，想了半天才憋出一句："沈长风知道后会不会告我们侵权？"

真不愧是资深编辑，第一个想到的竟然是这个，赵暄和翻了个白眼："他不会知道的。里头除了故事情节跟背景，其余的一概换了，连名字都不同。"

徐时感慨万分："我虽然不知道你对沈长风究竟是怎么想的，但沈长风对你绝对有感情，那些特殊对待跟照顾我都看在眼里。"

"也许是对一个老同学的照顾呢？"

"人一辈子老同学只怕数不过来吧。"徐时轻笑，"不过感情这事勉强不来，要等你自己看清。"

两人说了会儿话就各自回到办公室，自从宋之佳搬进徐时的办公室，徐时就不爱在里头待着，可赵暄和办公室里的徐涛又感冒了，从上班咳到下班，为了保持健壮的体魄跟宋之佳互掐，权衡之下她还是选择老实在自己办公室待着。

"这几天市里流感太严重，要不暄和你还是去徐姐办公室里办公吧，我担心传染给你。"徐涛躲在口罩后头，声音闷闷的，语气愧疚。

"不要紧，我从小身体就好。小学有一年遇上大规模爆发腮腺炎，周围同学全都染上了，就我没事。"赵暄和随意道，"就普通一流感，再来十个你我也没事的，放心。"

徐涛眼里的愧疚立时转为浓浓的敬佩与感激。

但是赵暄和没料到，白天刚吹完牛，晚上回家就惨遭打脸，倔强了二十多年的体魄终于跪倒在这次来势汹汹的流感面前。

赵暄和本来只是嗓子不太舒服，洗完澡出来后，这种不适感迅速升级，头晕晕乎乎的，脸也红得厉害。她坐在沙发上看杂志，最后眼皮子越来越重，像被一只大手拉入黑暗。

过了好久，她感觉有人在轻轻摇她，边摇边喊："赵暄和？赵暄和，别睡了。"

她脑袋一片混沌，喉头似在燃烧，眯着眼抻着脖子努力去看，只见沈长风拎着公文包弯腰蹲在她面前，刚下班回来。

见她醒了，沈长风丢下公文包就去扶她："怎么在这儿睡，空调还开这么低？"

他去茶几上拿遥控器，没想到手才移开，赵暄和的身子立马往旁边栽，他眼疾手快地扶住她。

沈长风手臂上传来的触感滚烫，愣了一瞬赶紧把赵暄和扳正对着自己。

赵暄和脸颊上两团烧红，呼气声又长又喘，喷出阵阵热气，不用再去探额头，沈长风就判断出她在发烧。

想起来最近医院送来很多流感患者，他心里"咯噔"一声。

"赵暄和，听得到我说话吗？能不能起来，我们去医院。"

本来还烧得厉害、什么反应也没有的人忽然就扯住他袖口，直摇头："不去医院，不去医院，不想挂水也不想打针。"

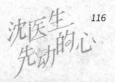

赵暄和怕打针怕疼，这点沈长风是知道的。

高三入学时有例行体检，其中有一项是抽血化验，他排在赵暄和后面几个，目睹了女生跟医生打了七八分钟的太极，最终却还是在针管亮出来时落荒而逃。

他当时笑了好久，笑到赵暄和不理他了，后来连买了一个月的早饭才把人安抚好。

她不仅胆子小，还挺爱记仇。

沈长风把人抱到卧室躺下，随后关门出去，等再回来时手上搭了条毛巾。他看着埋进被子里的人，冷着声音说："赵暄和，把脑袋钻出来，你还发着烧，不要命了吗？"

"我不去医院。"即使赵暄和脑袋糊涂，这点倒是记得挺清楚。

沈长风把人从被子里揪出来，将湿毛巾盖上她脑门，又拍了一下，才说："不去。"

她哼了一声，似乎放心了，一脚把被子踢开，换了个更舒服的姿势躺着。

"想吃点什么？"沈长风坐在床边，把小绒毯抖开盖在她身上。

赵暄和的声音闷闷地从毯子下传来，碎碎念："我想吃蒜蓉小龙虾，还有楼下那家的小笼包。"

"那就喝粥吧。"沈长风仿佛没听见，起身，"我去给你买药，再烧下去要烧傻了。"

粥，也行吧……

赵暄和没精力跟他抬杠，头一偏，养神去了。

小区楼下有家二十四小时药店，值夜班的女店员十分无聊，正撑着脑袋坐柜台后百无聊赖地玩手机，突然店门被推开。

门铃叮咚一声响，她边抬头边说："欢迎光临，请问要买些……"

见到来人，她顿时失了声——

从门口走来的男人不仅气质好，长得也好。

"你好，我买退烧药。"他说。

"啊，行行行，我们这儿……"

男人却突然打断她，嗓音低沉悦耳："布洛芬，阿司匹林，再拿瓶医用酒精。"

女店员许久才回过神，赶紧打开柜台拿药，说："你对药品很熟哇，是医生？住在这片？以前没见过你。"

男人"嗯"了声，付完钱，拎着便利袋转身重新迈进黑夜。

赵暄和小睡了片刻再次被沈长风摇醒，他一手端着水杯，一手拿着药片坐在床头喊她："赵暄和，吃药了。"

发烧可能真的能烧坏脑袋，赵暄和听完他的话，蓦地就想起一个她经常跟徐时调侃的烂梗，一下没忍住，扑哧一声笑出来，大声取笑道："你知道你这话像什么吗？"

沈长风配合地问："像什么？"

"大郎，吃药啦！"赵暄和捏着鼻子极其做作地学了一下腔调。

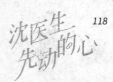

沈长风摊开的手立刻顿住。

赵暄和半点没察觉，接过杯子，拿过药片，就着水吞下去。

她接过沈长风递过来的纸巾擦了擦嘴，刚要躺下，沈长风突然轻声来了句："以前看过一篇野史，上面说武大郎知道药里有毒。"

知道药里有毒，却还是义无反顾地喝了。

赵暄和往下躺的姿势顿住。

她忽然明白过来刚刚自己干了什么，幸亏因为发烧脸红得看不出。

她遮掩地笑了笑："你不会的，哈哈哈，弄死我你就得给两个人的房租了，不划算，哈哈哈……"

沈长风一言不发地看着她。

赵暄和觉得自己此刻一定像极了傻子，索性什么也不再说，拉过被子躺下去，彻底闭嘴。

沈长风替她把房间的大灯换成台灯，光线柔和，然后轻轻关了门出去。

客厅里，茶几上东倒西歪着几个牛奶瓶子，地上还摊开着一本杂志。沈长风弯腰把东西捡起来，又把茶几收拾干净，才进厨房系上围裙熬粥。

将近九点，窗外夜色斑斓，锅里的白粥在咕噜咕噜冒泡，他拿着勺子搅拌一圈，想了想，又往里面丢了几颗红枣。

没味的东西赵暄和不爱吃，嘴挑。

沈长风双手抱臂，靠着厨房门漫不经心地等着，思绪就飞得老远，忽而他扯着嘴角讽刺地笑了下。

刚刚跟赵暄和说到可怜的武大郎，可自己又比武大郎好到哪里去？

119

可怜的沈医生安静地杵在厨房里金黄色的灯光下，吐槽自己。

他本以为重逢后自己肯定会对赵暄和无比怨恨，甚至不愿再看见她，可事实怎么样呢？

她朝他一笑，他就觉得心底积蓄的不甘、愤懑便消失了。如果她对他再有那么稍稍一些不同旁人的态度，他就彻底失了初衷，又变成七年前那个对赵暄和无比好的沈长风。

锅盖被水汽顶得上下颠动，沈长风抬脚过去把粥盛进碗里，搅拌散了热气才给她端进去。

赵暄和又睡了过去，但不安稳，眉头蹙着。

想起这人劣迹斑斑的往事，沈长风伸手拍了拍她红彤彤的脸蛋，淡声道："赵暄和，起来了。"

睫毛颤了颤，赵暄和悠悠转醒，揉了揉眼睛靠坐起来。

"喝粥了。"沈长风把碗跟勺子递给赵暄和，从旁边拉了张躺椅坐下，顺手将她床头柜上的一本书拿过来。

室内光线温暖，男人长腿交叠，靠坐在椅子上，膝上摊着本悬疑小说，看得十分认真。

白粥喝在嘴里有几丝甜味，勺子在碗底捞一圈竟然让她捞出一颗红枣。

她不禁又看了沈长风一眼。

男人头也没抬，却像感应到了似的："不许留，喝完。"

赵暄和偷看被抓到，赶紧低头继续喝粥。

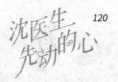

等她喝完粥，沈长风依旧安稳地坐在赵暄和的房里不走，折腾到现在已经快十点，想起他明早还得早起上班，她催他赶紧回去睡觉。

"你先睡，等你睡了我再走。"沈长风又翻开一页，似乎觉得故事有趣，"医院里也经常值班，我明天在办公室补会儿觉就成。"

赵暄和"哦"了声，抱着被子睡下。

她觉得，生病了被人守着的感觉真好。

临睡前，她看了一眼沈长风。

男人坐姿端正，轮廓温和又柔软，她听见心底某个声音疯狂叫嚣——得到他，你想得到他。

都不知道那声音是不是来自自己心里，她仿佛置身在混沌的梦境中，就这样睡去。

第二天，赵暄和醒得早，窗外阳光钻进来，洒在地板上。她转头看见沈长风还靠坐在躺椅上，一只手撑着头睡着了。

书已经合好，端端正正地放在床头柜上，另外还有一条尚湿润的毛巾，是昨晚给她降温用的。

她侧头细细打量沈长风。

突然，沈长风眼睫抖了两下，缓缓睁开眼，对上她的视线。

赵暄和僵硬地笑："昨晚怎么没回房？"

"你半夜又烧起来了。"沈长风按着太阳穴，起身时突然一顿。

赵暄和知道他腿麻了。

这样高大的人在小躺椅上委屈了一夜，浑身不难受才怪。

"你今早有坐诊吗，快迟到了吧？"赵暄和小心翼翼地提醒。

"嗯，我收拾一下就走。"

话是这样说，可沈长风半点不着急，只见他俯身，伸手朝赵暄和额头探去。

赵暄和感觉像是有冰块按上额头，凉得她往被子里一缩，见状，沈长风的手很快收回去。

"退烧了，但药还得吃，剂量上面写了。等会儿我订个粥送来，记得开门，粥要趁热喝，再没味道也得喝。"

沈长风难得这么絮叨，赵暄和觉得新奇极了，一眨不眨地看着他，配合着点头："知道了，你赶紧去吧，不然得迟到了。"

门拉开，他半只脚踏出去，背后突然传来一句——

"沈长风，谢谢你了……"

他嘴角微扬，带了点笑："不用谢。"

俗话说祸不单行，流感才刚好，赵暄和就接到了母亲的电话。

当时她正坐在客厅里吃沈长风给她削的苹果，咬得嘎吱嘎吱响。沈长风这人简直无所不能，连挑的水果都比旁人要甜要鲜，于是家里所有东西的采购权全转交给了他，她负责打扫卫生和刷碗。

"不想去，妈，那人我根本不认识，突然约出来吃饭不觉得尴尬吗？"

听到这样的对话，坐在对面架着眼镜看报纸的沈长风抬头看来。

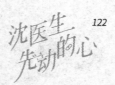

"你这孩子真的轴得很，相亲之后不就认识了嘛。"赵母扯着嗓音指责，"那是你爸同学的儿子！我们都知根知底的，工作就在本市，而且人家有房有车，人又老实，怎么就委屈你了！"

"不是……"她捂住手机低声道，"问题是我现在也不急着嫁人，相亲太早了……"

"早早早！你是不知道着急，你爸跟我可急得要命！你这工作天天宅在家里，优质男青年我就不指望了，连一个男性生物的影子也瞧不见！你是要气死你妈吗？"

赵暄和语塞。

赵母一鼓作气再接再厉，声音渐渐转为哽咽："只是跟人家吃顿饭都不行吗？如果不满意以后就不联系了，又不勉强你做其他的事。你知道我身体不好，之前还住过半年院……"

"妈——"赵暄和头疼得厉害，知道母亲又要提这种她招架不住的借口了，立马喊停，"行，我知道了，我跟他去吃饭，你把时间地点发给我……"

"明天中午十一点，和平饭店，不见不散哦。"

说完，电话就被挂断了。

沈长风轻飘飘地看了她一眼，抖了两下手里的报纸："你妈让你相亲？"

"是啊，生怕我没人要一样。"赵暄和继续靠在沙发上吃苹果，表情不耐烦。

对面沈长风没再搭话，放下报纸洗澡去了。

沈长风洗完澡后突然咳嗽起来，还越来越厉害。

这病简直来得毫无征兆，两人都有些手忙脚乱。

赵暄和拿着水杯坐在他对面，毫无办法，只能在男人咳得喘不过气时替他顺两下背。

"怎么会这样？"赵暄和想不明白，"下班回来还好好的呀，难不成我把流感传染给你了？"

这假设一脱口，她立马噤声。

好像还真有可能……

沈长风这两天晚上都守着自己，没休息好，人又不是铁打的，免疫力肯定下降，再加上他这两天又是全天的班，可能在医院接触了某些病毒。

她惊恐地发现，自己成了个大祸害。

"你先把药吃了。"

赵暄和把药给他，神情严肃地盯着他将药吃了。

沈长风鼻梁上还架着副碍手碍脚的眼镜，她抬手就去摘，不小心滑过男人纤长的睫毛，沈长风闭了闭眼。

"你能给你自己开个药单吗，我下去给你买药？"赵暄和半点没意识到男人的异常，满眼焦灼。

"普通感冒，你扶我回房睡一觉就好。"沈长风倒是乖了不少，主动张开手臂，等她来揽。

赵暄和略微犹豫，可又想到这么些天都是沈长风照顾自己的生活起

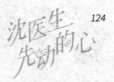

124

居……

于是她扶起他，跟跟跄跄地往房间走。

刚把人放下，沈长风又说话了："能不能给我倒杯水，喉咙烧？"

温和的灯光下，沈长风整个人蒙在被子里，只露出两只眼睛，亮亮的。

赵暄和立马去倒水。

"晚饭没吃，胃疼。"沈长风说。

"胃疼？胃药有吗？"

"之前不会这样，没备过。"

"那……我给你煎两个蛋？我厨艺不好，只会煎蛋，如果不行的话，只能叫外卖了。"

"就吃煎蛋，谢谢你。"

吃完色香味俱全的煎蛋，沈长风靠坐在床头闭眼休息，赵暄和担心他等下有什么吩咐，索性从客厅拉了张椅子过来坐下。

果然没几分钟，吃饱后时不时咳两下的人又说话了。

沈长风："听朋友说，流感病患者可以多吃一点儿梨……"

赵暄和起身："我去给你削。"

"我的意思不是……行，谢谢你。"沈长风温和一笑。

今天下班时他拎回来好几袋水果，杧果、草莓、梨、苹果都有，赵暄和挑了两个水分最足的梨回房削。

沈长风就歪在那儿，被子拉到胸口，认真地看她削梨，甚至还拍了两下手："好刀工。"

赵暄和把梨递给他，一人一个，面对面地吃。

沈长风盯着上面刀划过的痕迹，客观地点评："刚学医那年，导师为了让我们练刀工，从果农那儿买了十几斤苹果让我们削，果皮必须一刀到底，还得宽度一致。跟你这削的差不多。"

"所以你的刀工确实好。"沈长风边咳嗽边笑。

"不能说话就别说了，早点睡。"赵暄和吃完把核丢进垃圾桶，擦干净手去替他盖被子。

沈长风点头，滑进被子，只是不知怎的又是一阵铺天盖地的咳嗽。

赵暄和停住离去的脚步。

"你去睡吧。"沈长风疲倦地揉了揉鼻梁，闭眼。

赵暄和突然觉得自己不是人。

"算了，我在这儿看着，你睡着我再走。"

她一屁股坐下，打开手机来玩，忽然发现母亲给自己推了个微信名片，头像是个型男背影，还挺潮。

母上大人：这是明天相亲的小许，你加一下。

赵暄和："……"

可能是等得久了一直没收到回复，赵母又连发好几条消息催促，中心思想是这个微信你怎么着也得加上去。

于是，赵暄和打开型男名片，指头一点，添加好友申请成功。

沈长风竟然还没睡，侧头看来："怎么了？"

"哦，我妈把相亲对象的微信推给我了，让我加上。"说完，她愣了片刻。上次跟沈长风要微信这人还没申请账号，不知道现在……

"我们……"她扬了扬手机，再次试探道，"要不也加个微信？"

沈长风挑了挑眉，说："也行。"

这个也行，可是十足的傲娇，但行动却是快的，沈长风已经把二维码送到她眼前："你扫我。"

"嘀"的一声，成功加上。

"微信比电话方便，你早该申请的，跟你科室的同事交流起来也方便……"赵暄和一边碎碎念，一边打开他的主页，随后发现这人的头像竟然十分简单，就一只猫崽，昵称直接是他的名字。

还没来得及点开朋友圈，另一条验证消息突然弹出来，赵暄和发现相亲对象小许先生同意她的好友申请了。

眼下将近十二点，这个根正苗红的三好青年竟然没睡，不止如此，他还发来条打招呼的消息。

小许："赵小姐，你好！！！"

这热情洋溢的感叹号戳得眼睛疼，赵暄和"你好"两个字还没来得及发出去，小许的消息再次弹来——

"赵小姐想吃点什么，我今晚研究一下菜单！"

白日暄和："哈哈哈……不早了，许先生早点睡吧，明天见面再说。"

沈长风从被子里露出两只眼睛，十分挑剔地盯着椅子上的人看，距离隔得有些远，他看不清微信上那相亲对象到底说了什么。可是赵暄和

127

却露出个浅淡的笑意，这个笑意放在他的认知里，是还不错的代名词。

于是，沈长风又开始咳嗽了。

"怎么又咳得这么厉害，要不要喝点水？"

果不其然，赵暄和丢开手机、丢开那个根正苗红的小许来他床边忧心忡忡地看着他。

沈长风头一偏，露出线条流畅的脖颈，嗓音哑得要命："麻烦你了。"

"没事，没事。"赵暄和撒开腿往厨房走，很快端进来一杯温度适中的姜茶，"刚刚趁手煮的，现在刚好能喝，你快起来喝点。"

沈长风撑着身子坐起来，捧着杯子慢悠悠地喝，赵暄和的手机在椅子上时不时地振动一下，屏幕亮了又熄。

沈长风："有人给你发消息。"

赵暄和瞥了一眼："没事，不用管。"

沈长风埋头吹了吹姜茶，嘴角微扬，泄露点笑意。

"相亲对象？"

"嗯，十二点还不睡，问明天中午吃什么，热情得让我害怕。"

沈长风眉目舒展又笑了一下，什么也没说……

赵暄和不知道自己是怎么睡过去的，醒来时听到从门外传来的沈长风的咳嗽声，她动了动身子，然后愣住了。

她竟然躺在沈长风的床上，盖着沈长风的被子，窗户开着，灰白色的窗帘被吹得鼓起来，轻轻地飘动。

然后赵暄和惊奇地发现，沈长风这间卧室不知什么时候被他全换成

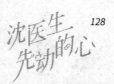

了灰白色的窗帘，显得过分清冷。

突然门外又传来一阵碰响，吓得她赶紧跳下床，连鞋子也没来得及穿就推门跑出去。

厨房里，沈长风俯身将摔碎的碗捡起来，回头朝赵暄和歉意地笑了笑："抱歉，手上使不上劲，不小心滑掉了。"

厨房里的碗是赵暄和一手置办的。

她几步过去把男人手里的瓷片丢进垃圾桶，轻声斥责："碎了就不要了，我等会儿来打扫。你拿碗是想吃点什么吗？你说，我来做。"

真是大言不惭，说完她意识到不对，赶紧补充："我点外卖。"

沈长风走到客厅的沙发旁坐下，笑道："昨晚的煎蛋就很好。"

"行，你等会儿。"赵暄和钻进厨房开始忙活，又掏出手机点了粥。忙的间隙，她抽空往客厅一看，沙发上的人安静又憔悴，她心里某个地方就那么软下来。

于是她又掏出手机，加了好几道补身体的汤。

家里有个病号，身边根本离不开人，赵暄和坐在桌上给小许先生道歉，说今天有事处理真的走不开，下次她请吃饭。

小许也没勉强，回了个"赵小姐先忙，来日方长"。

"抱歉……耽误你今天相亲了。"沈长风垂眼说道。

"没关系，你身体比较重要。"赵暄和给他盛了一碗汤，安慰着他。

沈长风好似真的挺愧疚，捧着满满当当一碗汤不知道想起什么，蹙着眉，最后也只勉强喝下半碗。

晚上，男人病情好转，到第二天起来又是精神抖擞的样子。

"我觉得我是华佗转世，当年怎么就没想着学医呢。"

赵暄和把这事当作笑话讲给徐时听，徐时听完嗤笑一声："你知不知道同行业离婚率多少？天真。"

赵暄和选择闭嘴。

"不过沈长风这病挺蹊跷的。他不是医生吗，怎么会这么不注意？"

"他是骨科医生，骨科又不包治百病。"赵暄和据理力争，"他还给我守了夜，应该是受凉了。"

徐时自觉说什么这人也不信，索性低头看稿子去了。

下班的时候，赵暄和收到小许先生的微信，问她事情有没有解决，有没有空出来吃个饭。

想着早点把这事解决，赵暄和回复了一句可以，然后简单收拾了一下就赴约了。

还是订在和平饭店，挺高档的，到的时候她循着大厅找了一圈，最后在相应桌号前看见了自己的相亲对象。

不愧是聊个微信都精神抖擞的三好青年，小许先生戴着副黑框眼镜在位置上坐得笔直，头发也梳得一丝不苟，还抹了发胶，长相大众，是没什么特色的那种人。

无论是皮相还是气质，沈长风珠玉在前，这么一对比，两人外貌真

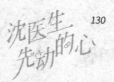

的相差太大。

她过去坐下："许先生你好，我是你的相亲对象赵暄和。"

"啊！赵小姐！百闻不如一见！我是许绍波！"许绍波笑得开怀，立马把菜单推过去，"不知道赵小姐想吃什么，我就一直等着你来再点菜！"

赵暄和合上菜单，准备先把正事说完。

"许绍波先生是吧。"

"是！"

"你先等我把话说完……其实这次相亲是家里父母一手操办的，我本人并不知情，暂时也不考虑结婚。如果许先生愿意，我们可以做朋友。"

精神小伙一下子就不精神了。

许绍波耷拉下脑袋："既然赵小姐这么想……那就做朋友，不过，吃顿饭总行？"

"行。"

一顿相亲宴吃下来十分沉默，最后结账赵暄和主动提出 AA。

两人出了饭店。

许绍波问："赵小姐怎么回去？"

"打车。"

许绍波虽然还沉浸在相亲失败的打击里，不过作为一个三好青年，在赵暄和说打车回去后，他还是坚持要把她送到家。

这点赵暄和没同他争，点头。

车在夜色里飞驰，许绍波看向后视镜中的赵暄和，问："赵小姐家在 S 市，为什么跑来 A 市工作？"

"其实我算土生土长的 A 市人，只不过后来搬家搬到了 S 市。"

"这样啊，那以后赵小姐回 S 市有事要帮忙可以找我，大家都是朋友！"

赵暄和笑着应了声好。

到达小区楼下。

"我会主动跟伯母说的，就说我没相上，赵小姐不要担心。"许绍波摸了摸脑袋，憨笑。

"那就谢谢你了。"赵暄和点头致意，抬脚便走。

"等会儿。"许绍波又追上来，这次手里提了一只包，"赵小姐，你东西忘啦！"

赵暄和再次道谢，接过东西往楼栋里走。

可没想到，再一抬头，就看到了刚下班回来的沈长风。男人站在几步之远的台阶上，冷冷地看着她。

赵暄和愣了一瞬，走近："怎么不穿外套，感冒才好了多久。"

"这算你廉价的关心？"

赵暄和不可置信地扭头看沈长风，沈长风面色讥诮，看着她。

"你那是什么眼神？"她气笑了，"我今天得罪你了？"

两人一同走进电梯，一同下电梯。

沈长风身上还沾着夜晚的水汽，凉飕飕的，赵暄和打了个响亮的喷嚏，

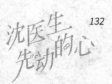

下意识地快走两步。

可没想到，这个再微小不过的动作竟然让沈长风发疯了。

赵暄和把钥匙插进门锁，刚要去扭把手，背后猛地靠过来一个人，只见沈长风长手越过她推开门，随后她整个人便被推着往里走。

"你发什么疯？"她惊叫。

回应她的，是"哐当"一声关门声。

男人放下公文包，默不作声一步步地朝她逼近，她避无可避，最后被他堵在墙角。

"沈长风？"

赵暄和仰头看他，声音惊疑不定。

"我真的很不受你待见，是吗？"他轻声问。

赵暄和不知所措地摇头："你在说什么，你今天到底……"

沈长风表情冷淡，她一腔话语全堵在了嗓子眼，最后她垂下眼，闭嘴不说了。

自从和沈长风同住以来，他处处照顾她，对她好得像是他们没有经历过分别一样，像是她没搬家，他也没出国，两人不仅是密友，甚至可以成为恋人，如同她小说里写的那样，她的暗恋成了真，她和沈长风早就在一起了。这一切都让赵暄和觉得特别不真实。

不过美梦终将醒，现在这样的状态好像才是他们之间应有的。

沈长风目光一眨不眨地锁住她，等着她的回答。

可最终，女人抿唇一字不说。

133

沈长风浑身的力气好似被卸去，他突然有些泄气，然后摇了摇头："没事了，去睡吧，晚安。"

赵暄和神色一动，赶紧喊住他："沈长风，你……没事吧？"

"没事，去睡吧。"他转身关门回房。

房间内一片漆黑，沈长风一个人枯坐在床头，心想，好像还是不太行。赵暄和好像还是不爱他，该怎么办？

他能看得出赵暄和对自己的依赖，也知道自己手握和赵暄和的过往回忆，这张牌得天独厚，远超普通竞争者。可今天看到别人送她回来，他还是没忍住心里翻滚的嫉妒。

他原本打算用温水煮青蛙的方法，只要这只青蛙够傻够后知后觉，很容易就能自己跳进锅里。

可今晚，他似乎打草惊蛇了。

手机屏幕猝然亮起，是周涵给他发的微信，提醒他明天要值班。

沈长风回了个好字过去，想不到那头竟然回复得飞快。

周涵语气惊讶极了："天，我都没指望你回复，给你发的信息好几天你才看见！"

沈长风："平常不太看手机。"

周涵："那你兴致勃勃让我替你申请个微信干啥呢？用起来啊兄弟！还想不想追人家妹子啦！"

隔着屏幕都能想象到周涵此刻跳脚的模样，沈长风没忍住轻笑一下，

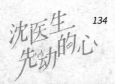

134

还真信了他的话，打开微信点进和赵暄和的对话框。

两人还没用微信聊过天，对话框一片空白，他就又点进赵暄和的朋友圈。赵暄和的朋友圈大多是分享一些生活琐事，有时是小区里遇见一条漂亮柯基，有时是上班路上堵车……

从上翻到下，沈长风嘴角越扬越高。即使错过她七年，即使面对的是一条条毫无温度的朋友圈，他也将她的情绪挨个体验了一遍，里头有愉快的赵暄和，愤怒的赵暄和，难过的赵暄和……

他情有独钟的赵暄和，他多年前就放在心上的女孩。

第七章

明天带你去玩

Shen Yisheng
Xian Dongdexin

"你说要带我去哪里？"

"去看看不就知道了嘛。"

男生嗓音低哑，一路上女生已经问了不下五六遍，回回他都采取这种敷衍的方式。

赵暄和觉得这人在玩她，她还有一道题没解出来，还想着早点回家做数学题呢。

"我再给你三分钟，还没到我就回去了。"赵暄和说。

可话音才落，沈长风就停下脚步，他头一偏，指着前面的墙角笑道："到了。"

杂草丛生的墙角处，有一团鹅黄的和一团雪白的东西缩在那里，听见动静后迅速一闪，扎进灌木丛后不见了。

赵暄和眼里亮起两盏小灯笼，惊喜道："小猫！学校里什么时候有这么两只小东西的？"

"是流浪猫，从校外跑进来的。我喂了一周了，好不容易把它们养得好看些，就想带你来看看。"

他说完俯身朝灌木丛里喵了两声，立马探出两只毛茸茸的脑袋，眼睛亮晶晶地看着他。

"还不赶紧出来。我跟姐姐给你们带鱼干了。"沈长风不知道从哪儿掏出两小袋鱼干撒在地上。

　　两只小猫立马连滚带爬地从灌木丛里拱出来，扑在地上咬鱼干。

　　沈长风眉梢带笑，手摸着它们的脑袋，鼓励赵暄和："你也来试试，多熟悉一下它们就不怕你了。"

　　"我也行？"

　　"行。"他轻笑。

　　赵暄和俯身，小心翼翼地抬手上去。

　　应该是沈长风在的缘故，两只猫崽只稍稍躲闪了两下就任凭她撸毛了。

　　"沈长风，沈长风！你看，你快看！它们在舔我的手！"她乐不可支。

　　赵暄和头发有些长了，发绳因为刚刚走路松动了，几缕发丝从里面跑出来。

　　赵暄和就蹲在沈长风旁边，完全没意识到自己的头发被风吹得撩上了沈长风的脸颊。

　　他嗅见浅淡的薄荷味，还有几许栀子香。

　　头发的主人还在欢快地笑，唇红齿白，好像一束明媚耀眼的光亮强势钻入沈长风心底最隐秘的一块，嚣张着陆。

　　于是，他着了魔一般轻轻俯身，凑过去——

　　"沈长风？"

　　赵暄和忽然转过头来，见他突然靠自己这么近，奇怪道："你做什

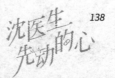

138

么？"

"没什么。"他悄然退开，直起身子，随意地将地上一块石子踢飞，漫不经心道，"看够了吗？看够了回去吧。"

"哦，好的！"赵暄和连忙把怀里的猫崽放下，依依不舍地告了别。

夕阳顺着墙头爬上来，两人并肩走过操场。可沈长风恹恹不乐了一路，也不知道在想什么，垂眼一语不发。

"沈长风，你心情不好？"赵暄和问。

他的视线不禁又落在女生的侧脸上，没由来地，一阵烦躁涌上，他别扭地加快步子把人丢在身后，扔下两个字："没事。"

赵暄和后来跟徐时提起这事，徐时道："我天！他是准备跟你讲什么'秘密'呀！"

徐时一边撑着下巴听女人讲，一边搅着面前的咖啡。

"应该不是吧。"赵暄和心领神会，明白了徐时说的"秘密"是什么意思，无非就是青春期的男生和女生的那些事，笑着摇摇头，"我们处得好靠得近一些也正常。"

"似乎是那么一回事，沈医生看着就是个不太容易接近的人。"徐时垂头抿了一口咖啡咽下，"所以，你跟他的冷战……"

"也不算是冷战……"赵暄和抓了把头发，似乎很难描述，"就是，家里气氛挺别扭的，沈长风整个人都别扭。"

"哦——具体说说。"

"说不出来……"

今早两人一起出门上班，电梯里，沈长风需要去负一楼地下停车场，而她要去一楼大厅。

男人靠按键近，按了自己的楼层后转过身客客气气地朝赵暄和招呼："赵小姐是去哪一层？"

"……"

诸如此类，数不胜数。

后来她被逼急了，在他喊她吃晚饭时来了次绝地反击，温和又客气地称赞："谢谢沈先生的晚饭，碗放着我来刷吧。"

沈长风立时就愣了，随后微微一笑："不客气，赵小姐。"

徐时听完扑哧一笑，接收到赵暄和的冷漠视线后，使劲憋住，严肃地点评："嗯，两个三岁小孩同居过日子，确实不容易了点，辛苦你了！"

赵暄和："别笑了你，我最近真的快被烦死了。"

徐时要回去继续赶稿，拍拍她肩膀，鼓励道："不怕，我精神上跟你同在。三岁小孩有什么难哄的，回去买个东西送他，保准听话！"

虽然徐时整天嘴里没个正经话，但最后这句竟然听着还有几分道理，所以赵暄和一下班就跑去逛商场了。

同住这么久，沈长风似乎也没露出什么特别的喜好，那就只能看有什么东西他能用得上。考虑到医生职业的特殊性，沈长风一天要洗好多次手，赵暄和最后决定给他买套护手霜。

特地挑了套不便宜的高级货，她指望沈长风那家伙能看在人民币的份儿上见好就收。

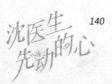

晚上，她拎着大包小包回去，没想到家里一片漆黑，沈长风还没有下班。

她给他发了条微信问他回来的大致时间，顺便强调了下合租期间的门禁条款，随后洗手钻进厨房忙活。

她要搞一个满汉全席，等沈长风回来吓他一跳。

这么想着，赵暄和充满斗志。

锅里"咕嘟咕嘟"冒泡，袅袅热气顶着锅盖上下翻腾，食物的香气外溢，门铃在这时响了。

赵暄和小跑过去开门，发现沈长风拎着公文包笔挺地站在门外暗处，身上沾了夜归的寒气。

她可没忘两人之间尚未终结的别扭，抬头客气一笑："沈医生这班下得真够晚的，辛……"

未说完的话瞬间堵在喉咙里，因为沈长风突然抱住了她。

公文包从手上滑落，沈长风长臂虚虚圈着她，将人按进怀里，却没有用力。赵暄和这才嗅见他身上有股淡淡的血腥味，他的手在抖。

"怎……怎么了？"她不敢动。

此刻的沈长风脆弱极了，好像现在推开他，他就要沿着墙壁瘫倒在地一般。

不知维持这样的姿势安静了多久，沈长风才将人从怀里推开，站定。

"赵暄和，我饿了。"沈长风说。

他眼里满是血丝，看着疲惫极了。

"饭已经做了，还不赶紧去洗手。"移开视线，她转身往里走。她没问什么，甚至见到他脖颈上一道划痕，上面的血迹未干，也没多问什么。

　　沈长风极其听话地往洗手间去，出来时已经把身上那件沾了血的外套换掉，他坐在饭桌上，安静又认真地看赵暄和把菜碟一个一个地往桌上放。

　　吃饭之前，赵暄和拿来一瓶医用酒精和一包棉签坐到他旁边，耐心地说："先把伤口消一下毒好不好？"

　　沈长风点头。

　　他任凭她摆布。

　　赵暄和动作轻柔地用蘸了酒精的棉签在沈长风的伤口上来回擦拭，皮肤刺痛，他也不管，光专注地盯着她的侧脸看，眼神认真又茫然。

　　最终他还是主动说了："今晚快到下班时间时，宇龙高架桥上发生了一起车祸，伤者被送到医院，"他脸上露出痛苦的神色，摊开手掌，垂眼，"但失血过多，没抢救过来，他在我面前断了气……"

　　如果只是这些，倒不会把沈长风打击成这样，赵暄和撕开创可贴，接道："所以家属打你了，并把伤者的死因归到你身上。可是沈长风——"

　　她扶正男人的身体，认真道："这跟你没有半点关系。你学医很多年了，比谁都清楚医生没有起死回生的神力，你不用为尽力去救而没救回来的任何一个生命承担责任。他们这是在无理取闹，道德绑架！"

　　"可这是，从医以来……第一个死在我手上的病人。"沈长风哑着嗓子，忽而扯出一丝苦笑。

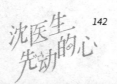

医院里每天都有生命的降临和消逝，当医生当久了，便以为自己早已看惯生死，可当沈长风真正亲手送走一条生命，眼睁睁地看着对方断气，手脚变凉……

看着哭得上气不接下气的家属朝自己扑过来，沈长风才感觉到一阵茫然无措。

赵暄和看见他的迷茫与纠结，轻声问："那你后悔当医生吗？"

她记得沈长风高中时画画特别好，还拿过好几次奖。

可一双画山画水画世间恣意与美好的手，怎么就去拿手术刀了？

"不后悔。"他说。

这次不用赵暄和再刻意说什么，他就明白了。

沈长风兴致不高，匆匆吃完饭就回房睡了。本来今天赵暄和做饭，就轮到他刷碗，但男人魂不守舍的，她便揽下了这活儿。

直到第二天早上上班时间，男人都没从房里出来。

赵暄和出门之前特意去敲了他的门，隔着门板跟他说："早饭做好了，等会儿记得出来吃，我上班去了。"

还是没动静，不过她知道沈长风肯定听见了。

到了龙吟社，徐时就乐不可支地告诉赵暄和一个好消息："之前出实体书时不是跟一家漫画社也谈了版权吗，我们把《你眼里万丈光芒》的漫画版权给了他们家。"

"是有这回事，怎么了？"

"开始在网上连载啦！"徐时说，"就在今天下午两点，现在各大平台在宣传造势，网上热度也越来越高！"

徐时仿佛看见无数长了翅膀的百元大钞朝自己飞过来。

"恭喜啊，财源滚滚，大吉大利。"赵暄和敷衍地拱了拱手，抬脚往办公室走。

徐时跟着人进去："奇怪了，你一大早怎么这么颓？"

徐涛这几天外派出去谈合作，所以位置一直空着，徐时就在对面坐下，一脸探究地盯着她看，最后得出结论："沈长风惹你了？"

赵暄和没有立刻回答。昨晚男人那副失魂落魄的模样始终在她心里翻转，她也不快活，可身边又找不到能倾诉的人。

想了又想，她决定说出来，看徐时能不能给自己排解排解。

"沈长风昨晚被病人家属打了，回来的时候一身血腥味，我猜是刚下手术台连衣服都忘记换了。"

"被打了？我的天，人没事吧？"徐时瞪大眼睛，差点从位置上蹦起来，"那后来呢，家属道歉了没？"

"人没事，不过家属道歉不太现实。"赵暄和嗤笑一声，"病人去世了，沈长风又是主刀医生，谁会给一个没救回人的医生主持公道？"

"如果是随意哪个路人被打，估计明天不到各大媒体就能报道一通，可换了医生，被打就是应该？救回来就是天使，救不回就成了千古罪人？"徐时无奈地摇头，"太荒唐了。"

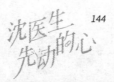

"那身白大褂可不好穿。"

"是啊。"徐时又说，"那你呢？你这么不甘，是替沈长风不值，还是心疼？"

感情总是旁人看得清楚些。即使赵暄和本人再怎么否认，怎么自我辩解，时至今日她还是会随着沈长风的一举一动乱了节奏。

无论时隔多久，她不得不承认，沈长风对自己的影响太大，甚至已经到了他们俩只要一见面，她就会对他失去抵抗力的地步。

"我不想他出事。"赵暄和轻声说，"无论如何，他都应该过得很好。"

徐时："看吧，你其实还是喜欢他的。"

赵暄和第一次没辩解。

徐时笑了笑也不再逼她，能让她主动承认这点，已经是不可多得的进步了。

下午一点多，龙吟社编辑部几个主编全坐在电脑前等《你眼里万丈光芒》连载第一期出来，万分期待之际又有些坐立不安。

实体书大卖是事实，影视那边也在跟上，漫画要是数据不错自然是锦上添花，可如果画风不好，读者不买账呢……

赵暄和说不紧张是假的。她其实也特别好奇，她跟沈长风的故事将以怎么样的面貌呈现。

结果等到两点钟漫画更新的时候，她还是惊得从位置上一跃而起，椅子"哐当"一声摔在地上。

门外几个办公室里传来兴高采烈呼喊庆祝的声音，徐时捧着平板电脑从隔壁跌跌撞撞地跑进来，进来就问："怎么回事？"

她指的是漫画。

"我不知道哇，我也才看到！"赵暄和震惊又茫然，弯腰扶起椅子，两人坐下一起对着电脑屏幕大眼瞪小眼。

外面熙攘沸腾，里头的人却绷紧了神经严阵以待，对比强烈。

赵暄和真的惊呆了。

漫画连载一下子出了十话，点击率直线飙升，好事确实是好事，可问题是，能不能别那么写实啊！

里头男女主人公的模样竟然跟她和沈长风神似。

"怎么会这样……这是社里要求的？"她转头问徐时。

"怎么可能！先不说总编不知道沈长风的存在，即使知道想搞个噱头，她也没见过沈长风真人哪！整个龙吟社只有我知道你这桩陈年往事！可我保证谁也没说！"

"怎么可能……"赵暄和喃喃，"赶快查这个画手！"她握着鼠标迅速往下翻，很快找到，"时年。"

"时年……"徐时记起来了，"这是漫画社那边刚签的一位新人画手，据说刚出道没几年就已经有好几部大作了，画风温情又细腻，口碑一直很好。"

那就更不可能认识了，除非打破次元壁。

赵暄和完全没了主意："不行，绝对不行，就算名字改过，但当年

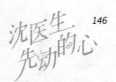

146

那一批学生稍微留意下也能认出原型，特别是熟悉我跟沈长风的人！"

事发突然，她已经设想了最坏的结果，那就是沈长风知道了一切，知道多年来她对他的遐想，还有那场骤雨初歇，连晴也没来得及放就完结的青春。

他会怎么想？赵暄和不敢确定。可笔下写了无数故事的经验告诉她，男女之间的关系既简单又脆弱，一旦捅破，不成功的话，最后连朋友也做不成。

她不想失去沈长风。

"你先别急，别急。"徐时连忙安抚六神无主的赵暄和，冷静道，"我先打个电话给漫画社那边。你联系一下以前关系比较好的老同学，问问看到底明不明显，你要知道事情已经过去这么久，真的不会有多少人记得具体细节的。总之，别慌！"

徐时说完就跑走了。

赵暄和扶着椅背坐下，心里翻江倒海，同事过来给她庆祝也是心不在焉地笑着敷衍过去。

不知道人群里哪个眼尖的突然喊了句："哎！我突然发现这漫画里的女主人公跟暄和长得好像啊！不过也只是眉眼像，暄和现在是长发，神韵却完全不同，你们见过暄和什么时候咧出一口白牙对人傻笑过呀，哈哈哈哈……"

"是啊。"赵暄和轻轻笑了下，"我不是眯眯眼，她笑起来都快成月牙了，我不这样。"

"是啊！暄和最端庄啦！"大家哄笑。

众人当笑话听，大家的注意力又被今晚的庆功宴吸引过去，商量去哪里吃。

赵暄和趁乱拎着包推门离开。等不了徐时那边的消息，她要亲自去漫画社一趟。

路上，她接到徐时的电话。

徐时的声音急促又着急："怎么找不到你人，你出去了？我先跟你说时年那事，我问过他们主编，那孙子给我打太极呢，一张嘴跟河蚌一样撬不开。不过我托朋友打听到了，时年去年才从美院毕业，毕业后直接被漫画社挖来了，所以排除是当年的知情人。你不用担心，可能真是巧合。"

"巧合？"赵暄和揉了揉鼻梁，心烦意乱，"徐时，这世上没那么多巧合，我自己都说服不了自己。"

"瞧你这话说得。那你跟沈长风的重逢怎么解释，为什么前几年遇不见，偏偏在你拿他写完小说后，偏偏小说还火了，偏偏挑你签售会的节骨眼上摔了腿，偏偏他是个骨科医生……老天这是把他送到你面前来了啊，我的傻姑娘！"

"然后就是今天我要跟你说的第二件事。"徐时深吸一口气，"暄和，你微博炸了，热搜连上两条，评论区下有一条留言被顶在最上面'这故事背景好像是我的学校，这男女主人公也特像我认识的两个人啊'，我想了想觉得恐怕是真的……"

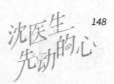

漫画社已经到了，赵暄和从车上下来，抬眼看了下头顶烈日，脑袋一阵眩晕。她说："能不能联系评论者删掉，或者刷其他评论覆盖上去。"

"你徐姐我的公关能力还是可以的，人联系到了，挺好说话一妹子，稍微糊弄一下就同意删评论，然后我随口问了下她就读的高中。"

赵暄和忍住一颗快蹦出胸膛的心脏，问："哪个？"

"A市城南一中。"

赵暄和再说不出一个字。

"我猜到了。"徐时叹气，"果然从没有不透风的墙，幸亏在漏风前我给堵住了。可防了这一个难保不会再冒出来第二个，毕竟漫画上的人物形象就在那儿，刻意去想总能被揪出蛛丝马迹来。"

赵暄和已经到了漫画社前台，她跟徐时匆匆交代几句就挂断电话，随后抬头道："你好，我找你们社里现言组的陈主编。"

"陈主编在忙，请问有预约吗？"

"就说是龙吟社的白日暄和来了。"

很快，来了人接待赵暄和。

"是赵小姐吗？请跟我来，陈主编在办公室等你。"

赵暄和被引入一间办公室，里头摆了三四张办公桌，桌后的人全都在埋头苦干，甚至没人抬眼看她一下，最里面的办公桌那里坐了个中年男人，是主编陈立柏。

"赵小姐，你好。"陈立柏咧嘴一笑，客气地请她在对面坐下。

"赵小姐今天来找我的目的，肯定跟徐时徐主编是一样的。不过，赵小姐，一行有一行的规矩，我们社跟时年签约前就保证过，绝不会对外透露他的个人信息，这点还请暄和不要为难我们。"

"不是要他的个人信息，只要他的联系方式就够了，我想问时老师几个问题。"

陈立柏沉吟许久，才开口说："可以。不过时老师最近不在本市，我们不会随意叨扰，等时老师回来我一定第一时间联系您。"

这显然又是客客气气地打太极，赵暄和深知今天肯定再得不到任何有用的消息，只得应："行，那麻烦陈主编了。"

"不麻烦，不麻烦。小张，帮我送送赵小姐！"

从漫画社出来，想起徐时的话，赵暄和给远在隔壁市的白霜拨了个电话，没想到对面女人的情绪比她还激动，只不过声音刻意压住了，闷闷的，像躲在什么角落悄悄讲电话。

"暄和！你终于知道联系我了！你知道我有多震惊多害怕吗！"白霜企图给她描述师父的情况，但时间有限，只能长话短说，"我现在在工作室的厕所隔间里。你知道吗，师父自从上次从你那儿回来后脸就黑了快半个月，对你只字不提，只知道压榨我们，还不让我跟你通电话！"

白霜倒豆子一样往外倾诉："我一看见漫画就想跟你联系了，可师父看我的眼神，呜呜呜，我不敢……"

赵暄和连忙打断她："你觉得这事到底是怎么回事？"

"我也不知道哇，我也很蒙的！既然能按照你的小说情节推测主角

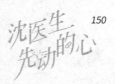

是你跟沈长风，并且画了下来的人，那肯定是当年跟你和沈长风都走得比较近的……可除了我，我想不到第二个……我先声明肯定不是我呀！"

"知道不是你，你没这胆子。"

"是啊。"白霜感慨万分，"倒不是怕你，主要是怕沈大佬。他当年多凶多传奇一人，城南一中有几个不认识他的……后来高三下半学期他的成绩又疯了一样往上蹿，考上了重点大学……"

"我挂了。"

赵暄和没空跟白霜叙旧，挂了电话后又急匆匆地往家赶。

沈长风因为昨晚的事没有去医院上班，院长给他放了三天假，说是让他调节一下心情。

其实，沈长风心里清楚，这是院长有意让他避开风头，因为闹事家属必定不会这么容易善罢甘休。

沈长风睡到中午才起来，将一周来欠的觉全给补全了，觉得周身轻快不少，然后他又吃完赵暄和给他留的早饭，下楼丢了垃圾。

想起来昨晚那顿味道奇奇怪怪的晚饭，他准备今晚亲自下厨，并纠正一下赵暄和的厨艺。

关了门，他拿了钱包去楼下超市买菜，回来的路上看见踩着高跟鞋风风火火的赵暄和。

他喊住她："着急忙慌地干什么，家里没着火。"

沈长风穿着一身休闲的衣服，身姿笔挺，即使手里拎着菜，也显得气质干净。

赵暄和见是他，赶紧刹住脚步，乖巧地定在原地等，撑起笑说："怎么样，在家休息一天了，有没有好些？"

沈长风看了她一眼："担心我？"

是啊，担心，担心你刷手机刷到漫画，还担心你一个不小心点进去看了。

不过，赵暄和试探完口风稍微放了点心，沈长风应该还什么也不知道。

她瞥见他手上大包小包的蔬菜，兴奋道："今晚吃什么？"

"宫保鸡丁、蒜蓉茄子、红烧狮子头、鲫鱼汤……"沈长风报了一串菜名。

赵暄和两只眼睛亮晶晶的，忍住笑："行！"

两人肩并肩往回走。

沈长风厨艺好，赵暄和跟他住在一起的第一天就知道了。白瓷碗里是奶白奶白的鲫鱼汤，上面撒了翠绿色的蒜叶辅料，醇香入口，鲜嫩又养人。赵暄和喝完一大碗，沈长风才允许她的筷子往其他几盘红通通的菜碟里伸。

沈长风是典型的没有生活情调的人，可观察细微又懂得照顾人。她垂眼看着鲫鱼汤，突然没那么有胃口了。

以后沈太太肯定能被照顾得很好，她想。

吃完饭，沈长风坐在沙发上看医学资料，赵暄和在厨房洗碗，中间的玻璃门没关，她探头去问："你什么时候回去上班？"

"后天。"

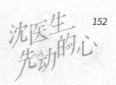

"你们领导没为难你吧？"

沈长风镜片后的双眼弯了弯，笑："没有，我也不是任谁都能欺负。"

"嗯。如果那个家属还去医院闹事，你就报警。再不济你给我打电话，我有朋友在新闻社工作。"

沈长风放下手中厚厚的一沓资料，看着赵暄和。

她纤瘦又单薄，此刻在洗碗池边将碗捣鼓得哐当哐当响，还义正词严地说要给他出头。

他目光温柔且专注，忽而垂眸淡笑："知道了。"

"你最近有时间吗？"沈长风问。

"怎么了？"

"带你出去玩，请你吃饭。"

赵暄和手里的碗全涂满泡沫，不留神一个没抓住重新滑进池底，她赶紧去捞："最近没事，有时间。"

才不是！她都快忙疯了，说是焦头烂额也不过分！龙吟社那边还不知道状况，要是那漫画版的《你眼里万丈光芒》热度持续高涨，到时候社里没提前准备公关稿，一定又是一场鸡飞狗跳。还有至今未归的时年大大，估计压根儿不知道自己给别人捅了个多大的马蜂窝……到处都是待解决的事。

可赵暄和像鬼迷了心窍一样，沈长风发来的邀约她没法拒绝，她心里有个声音使劲喊：你快答应他呀，答应他呀！

"那明天吧。"沈长风笑了一下，"算谢谢昨晚不经你同意的那个

153

拥抱。"

赵暄和："啊……那个呀，没关系的。"

"它很有用。"沈长风说。

赵暄和又一个不小心，盘子从手里窜出去滑进池底，被溅了一身的泡沫。

她洗完碗正在擦手，沈长风又喊她："赵暄和，你手机响了。"

女人立马小旋风一样从厨房跑出来，看了坐在沙发上看资料的人一眼，拿起手机跑到阳台接电话去了。

是徐时打来的，她告诉赵暄和："微博顶不住了，网上书粉热情疯涨，自从知道可能有现实原型后，他们已经开始扒背景，接二连三有人爆料故事地点是在A市城南一中，还说不相信的话可以上对比图。再这样下去，你就要被扒得连底裤都不剩了。"

"龙吟社那边怎么说？"赵暄和抿唇，指甲抠着栏杆。

"免费炒热度哇，总编肯定乐得要命巴不得愈演愈烈。除非……"除非将真相大白天下，发通告制止网上的人扒底。

"不能说。"她将徐时未说完的话堵回去，"就算扒到学校，可七年了，能认出我的只有当初的同班同学，他们……"

这时，白霜的一条语音通话插进来。

这个节骨眼上，白霜恐怕是有什么重要的事。她跟徐时说："等会儿再跟你说，但绝不考虑公布。沈长风是医生，一旦暴露我不敢想象他的生活会因此受到多大困扰……好了，我先挂了。"

沈医生
先动的心

白霜见电话打不通又给她发来条语音信息，火急火燎："暄和！你快看班级群！"

班级群？赵暄和疑惑地去翻群组。因为工作后加的群太多，一天到晚信息提示声吵得她脑仁疼，她索性全部屏蔽掉。

她把高三班级群从底下捞出来，一看，吃了一惊，不知道为什么沉寂了许久的群突然活跃起来。

高三班级群的信息推送还在往外蹦，她翻到最上面一条一条地往下看。

果然，漫画的事情还是没有瞒过这群曾经朝夕相处的同学，不知是谁先提了一句："你们看了那个校园漫画的热搜吗？不知是不是我的幻觉，我怎么看都觉得是我们班赵暄和跟沈大佬哇！"

"你不是一个人。"

"加一！"

"同意楼上！"

竟然连班长都出来八卦了，班委标识缀在气泡前面："知道就知道，可别嘴碎往外说啊！"

"那肯定啊！好歹有同学情，这点轻重还是知道的。"

"放心放心，没人会说的，绝对守口如瓶，暄和跟沈大佬的神仙爱情我们来守护。但凡谁透露消息谁就不是我们小群体的一员！"

"加一。"

"加一。

155

……

赵暄和数了数，整整四十五个，除了她跟沈长风，都在。

班长："不过可惜的是，沈大佬后来出国了，这个号再也没用过，头像一直暗着。暄和呢，暄和在的呀，还不出来招供！"说着直接艾特赵暄和。

她揉了揉发红的眼眶，发了个跪地求饶的表情包，解释道："说爱情的那个别跑，要是被朱霸看见肯定揪着你回去重读高中。"

"哈哈哈！暄和还是一如既往地凶。好，我收回我的话，是神仙友谊行不行？"

赵暄和扬了扬嘴角："这还差不多。"

热热闹闹地寒暄了一阵，大家又陷入沉默。

良久，有人发了一句："也不知道现在沈大佬在哪里呀……"

赵暄和下意识地抬眼往客厅看。沈长风长腿交叠，靠坐在沙发上聚精会神地翻看着资料，似乎察觉到赵暄和的视线，抬头朝她轻笑了下。

赵暄和赶紧移开视线。

群里热热闹闹了好一阵子，随后道别各自忙碌去了。

赵暄和收起手机往里走。

沈长风放下书，审视她一会儿才问："你刚刚好像有话要跟我说。"

赵暄和在他身旁坐下来，状似不经意道："我突然想起来一件事，高三班级群里那号你是不是不用了，也没见你上过线。"

"在国外丢过一次手机，号没找得回来就重新注册了一个。"

虽然这事现在在他嘴里风轻云淡一笔带过，当时却闹得挺大。沈长风是学校医学部实验室的组长，整个组的科研成果基本都在他个人手机里，结果有一天乘地铁去上课的路上，手机竟然被人给偷走了。在美国科研成果被窃一直是大事，认真处理下来甚至涉及保管不当的沈长风，然后导师就给他想了个办法。

导师跟他说："这事先不上报，你登上邮箱把手机里重要的东西全拷贝下来再注销，就当没发生过。"

这显然是再好不过的方法，保全了沈长风，最多是推迟几天交材料，让院长数落两句。可沈长风油盐不进，他不仅拒绝了导师的好意，还上报当地警察局，把事情搞得沸沸扬扬。

一部手机罢了，何必搞成这样，朋友们都劝他。

是啊，如果仅仅只是一部手机，他何苦搞成这样。他冷静无比地对警察强调，手机卡，那张从大陆带来的手机卡，无论如何，以一切代价，一定要找回来。

当然，这些赵暄和永远不会知道。

她问："所以，你跟这边所有同学都断了联系？那如果哪天组织了同学聚会去不去？"

沈长风看着她："你呢？"

"去吧。"以前很多场聚会她都没参与，甚至连高考后的一次聚餐也因为搬家的缘故缺了席。

直到今天看到沉寂了多年的班级群还能因为一件事几年后重新拧成

一股绳，她忽然明白了同学情的意义。

"行。"沈长风笑着点头，算应了这件事。

他把眼镜从鼻梁上取下来，催她去睡觉："早点睡，明天带你去玩。"

"行。"赵暄和露出酒窝。

"晚安。"

"晚安。"

两人各自回房，客厅的灯"啪嗒"一声关闭。

阳台外万家灯火，树影婆娑。

第八章

带她重回高中时代

Shen Yisheng

Xian Dongdexin

第二天，两人都起了个大早。沈长风准备好早饭，两人吃完饭后，他就下楼取车了。

　　赵暄和在楼上换衣服，没一会儿听见楼下传来两声汽车鸣笛声，拉开房间窗帘往下瞧。沈长风身姿笔挺地立在车门旁，仰头朝她窗口看，看见她后扬手打了个招呼。

　　今天他一身休闲长衣长裤，还真有点刚出校园的大学生的模样。赵暄和赶紧换好衣服拎上包往楼下小跑。

　　沈长风耐心地等了几分钟，就见一抹鲜红朝自己飞奔过来。

　　赵暄和穿了一条红裙，像火烧云一般亮眼夺目。

　　她坐上车系好安全带，心情愉快地扭头问道："去哪儿？"

　　沈长风只是笑着，却不透露。

　　半个小时后，车子停在了海洋馆门口，赵暄和愣了下。

　　上午游客并不多，不过有不少学生，身上还穿着校服，在阳光下笑得眉眼舒展。

　　赵暄和恍然想起来，海洋馆这地方是她十七八岁时最爱来的地方。

　　不过票价太贵，当时想来一次就得省三四个月的生活费，为此她还跟白霜吐槽过。

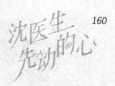

沈长风买了票回来，手上还捧了一杯奶茶，连同票一起递给她。

赵暄和盯着过于可爱的杯身看了很久，神情复杂："沈长风，"她把粉嫩的草莓奶昔伸到男生眼前，失笑，"我几岁了？"

"她们都有。"沈长风淡声解释。

赵暄和循着他的视线看去，发现身边路过的小女生们手里确实都捧着同款奶茶。

赵暄和收回视线，笑道："好了，进去吧。"

即使工作后确实买得起这里的票了，但赵暄和一次都没来过。年少很喜欢却没有能力负担的东西，后来好像就不那么想要了。当初迫切热烈的心境不见之后，什么都变了味。

可此刻，光线晦暗的玻璃栈道里，他们周身是化不开的深蓝色海洋，鱼群闲适地掠过，时间温柔又缓慢。

而离她半臂之远的人是沈长风。

水声在耳边翻涌，视线所及之处时不时掠过一两条鱼，吹起一串泡泡。赵暄和伸出手指点在玻璃上，很快游来几尾小丑鱼隔着玻璃亲吻。

"沈长风，沈长风！快看，快来看！"她忍不住喊沈长风看眼前这番景象，语气疑惑，"它们竟然不怕我。"

"习以为常了，对它来说这片水域是最安全的。"

赵暄和发现几只色彩斑斓的水母从眼前滑过去，连忙又去追水母了。

拐角处有人在拍照，那人拦住赵暄和问："小姐，拍照留念吗？十五元一张，价格是整个海洋馆最便宜的了。"

沈长风从后面走来，赵暄和下意识地去看他。

那人连忙凑上去，说："小伙子，跟女朋友拍张照吧！这里背景多好看！以后婚后得空拿出来一翻，啧，多有趣味！"

赵暄和："不是，我跟他……"

"拍。"沈长风垂头开始掏钱包，"两张多少钱？"

"三十元！"那人喜笑颜开。

沈长风递过去一张百元大钞："抱歉，身边没有零钱。"

"没事，没事，我找给你。"那人抓了几张票子送给沈长风，"来来来，你跟小姑娘站那儿去。对，看镜头。"

赵暄和站到沈长风身边，那人又说："靠近点呀，小姑娘离你男朋友再近点！"

赵暄和老脸一烫，往沈长风那边挪了挪，笑看镜头。

"哎呀！小伙子也笑哇，别木着一张脸！你看你女朋友笑得多开心呀！"

赵暄和的笑容一下就僵住了，沈长风低头看了她一眼，说："嗯，是笑得挺开心的。"

不知为何，她从这声客观评价中听到点调侃的意味。她努力让笑容不僵硬，心想自己身旁这位可是个冷面医生，还想他笑给你看？

想到这点，她忍不住扭头去看身旁的人，随后就撞进沈长风温柔的眼神中。沈长风眼眸里的光，温暖到让人心悸。

快门声在这时猝不及防地响起，将她抬眼愣怔的模样全收了进去。

沈医生
先动的心

那人放下相机："小姑娘你怎么突然抬头啦，两张都是，这……"

沈长风抬脚上去："我看看。"

他接过，对着两张照片看了很久。

最后赵暄和都忍不住心虚地凑过去："怎么样，很丑吗？真的一点儿也不能看？"

沈长风笑："不丑，很好看。"

她不信，抬手抢过来。照片上，她仰头神情专注，沈长风眼角眉梢都是笑，这样恣意开怀的沈长风非常少见。

趁她愣神，沈长风对那人说："老板，就要这两张，洗出来吧。"

"行！"

沈长风说："喏，一人一张。"

赵暄和看着照片，小声抱怨："你故意的对不对？我拍得这么傻，你那么好看，这简直就是我的黑历史。"她一边说着，却一边将照片仔细收进包里。

从海洋馆出来正好是午饭时间，沈长风开车说去老赵拉面馆吃面。

赵暄和系安全带的动作顿住了。

老赵拉面馆这名字她再熟悉不过，高中没搬家时，她每天下晚自习都爱拖着沈长风去那儿吃面。

那里的面味道不错，价格便宜，她记得沈长风是挺喜欢的。

可他们现在在 A 市南区，而面馆在北区，也就意味着沈长风要开一

163

个多小时的车。再说，时隔七年，也不知道那家小店还在不在。

"别了吧，太远了，要不我们就在这儿随便吃点东西？"

沈长风却出乎意料地固执："不久，我开得快。"

沈长风一路下来开得比较快，等到了拉面馆门口只用了不到五十分钟。

她虎着脸警告："下次别开这么快了，要是发生意外怎么办？"

沈长风眼底闪过一丝难过。跟刚刚在海洋馆里他露出那个鲜活的笑一样，赵暄和为这样的沈长风感到惊讶。

"知道了，快进去吧。我前段时间刚在这儿吃过，味道没变。"

她这才注意到以前狭小破旧的店面扩大了，还有了块大招牌高高挂着，特别惹眼。生意也不错，大厅里竟然坐满了人。

赵暄和坐下，感叹："变得我都不敢认了。"

"看到这个你就敢认了。"沈长风推给她一张菜单。

她拿来瞄了一眼，发现以前的菜名竟然一个都没改，甚至图片还是多年前的模样。

她点了以前爱吃的牛肉面，沈长风也跟她点了一样的。

不过，最后端面来的不是以前的赵大爷夫妻俩了，而是一个中年光头男人。

见赵暄和讶异的样子，沈长风解释："赵大爷去年过世了，没多久赵奶奶也离开了，现在这家店是他们的儿女在打理。"

赵暄和觉得嘴里的面条突然变得难以下咽，原来，赵大爷他们已经

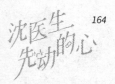

去世了。

"赵大爷夫妻以前感情就很好……"赵暄和心头五味杂陈，却最终只说得出这一句。

"嗯。"沈长风点头，"不过店被他们的儿女打理得很好，以后会更好。"

说话间，门外又拥进一大批食客，他们到了门口就开始喊："小赵！还是老样子！"

"好嘞！马上好，你们先坐！"中年男人探出半个脑袋招呼，笑得开心，赵暄和从这张脸中看到了赵大爷的影子。

她又低头吃了一大口面。

面条劲道，味道一模一样。

"这里靠近一中老校区，吃完找个地方玩会儿，晚上我们去夜市。"沈长风翻着碗里面条道。

直到现在，再怎么迟钝，赵暄和也看明白了，沈长风在带她做他们学生时代做过的事。

以前他们其实去过海洋馆，但赵暄和嫌门票太贵只在门口逛了一圈就扯着他回去了，而夜市东西便宜，好玩的好吃的小玩意特别多，是学生时代去得最多的地方。

吃完饭，沈长风接到个电话，医院那边有个紧急手术，需要他立马赶回去，赵暄和就找了家咖啡店坐着等他，夜市下午五点多才开，并不着急。她反复叮嘱沈长风路上开车慢点才肯把人放走。

而同时，龙吟社那边也发来最新消息。

"姐姐你到底在哪儿啊？不，我叫你哥行不行？这个节骨眼我亲自去你家找人都扑了个空！"徐时焦头烂额，恨不得来个日行千里瞬间出现在赵暄和面前将人抓回去。

　　"我跟沈长风出来吃顿饭，晚上就赶回去，出什么事了？"

　　"绝了，我最近被你俩的事搞得掉了好几斤肉，结果正主正常吃吃喝喝甚至还出去约了个会？"徐时很想撂挑子不干了。

　　赵暄和赶紧给人顺毛："下本书的大纲我已经列出来了，并且保证两个月内交稿，然后第三本的方向也定了，我保证火，绝对火！"

　　那头徐时立刻停止咆哮，优雅又端庄的嗓音又重新回来了："啊，其实是个好消息，那个画手时年倒霉摔折了手臂，这几天吊着石膏呢。所以你暂时不用担心热搜风头吹到你身上，现在网民们叫嚣的都是时年断更了。"

　　虽然听了这消息想笑很不厚道，但赵暄和还是没憋住话语里的愉悦："照你这么说，《你眼里万丈光芒》岂不是很长一段时间都连载不了了？"

　　"是啊，现在焦头烂额的成了漫画社那边的人了。"

　　"而且还有一件事，"徐时说，"那个倒霉的时年大大没有存稿，哈哈，这年头竟然有画手没存粮的。"她不忘借机敲打赵暄和，"这就是我跟你说的有存稿的重要性知道吧！"

　　赵暄和搅着杯子里的咖啡，心情颇好地眯了眯眼："等时年拆了石膏，大家对《你眼里万丈光芒》的好奇肯定凉得跟黄花菜一样了，除非……"

　　"除非他们临时换画手！"徐时补充，"但不可能，几乎不可能找

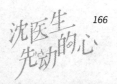

到跟时年画风相似的画手，再说了时年肯定也不肯被人代替呀。"

所以，赵暄和这马甲暂时是安全了。接完电话，她心情好了不止一个度，连着吃了两块小甜点庆祝。

到天黑，沈长风都没回来，赵暄和给他发完消息后就一个人步行去了夜市。

微风吹拂，小街两侧尽是熙攘的摊位，吆喝声此起彼伏，烟火气十足。头顶是耀眼的灯光，跟天上缀满的闪闪发光的星纠缠成一体。

赵暄和一身红裙，在乌泱泱的人群中尤为显目，她兴致勃勃地四处走走看看，走到卖挂饰的摊位，那里站着两个学生在跟老板讨价还价。

"名字都刻完了，你们才说钱没带够，存心砸我生意是不是，赶紧走！不卖！就当老子倒霉！"

男生被说得脖子都红透了，手垂在两侧越收越紧，一言不发但始终不走，女生则偷偷扯他衣角。

赵暄和看了眼那个挂饰，就是个普通钥匙扣，但因顾客要求刻字了，价格就翻了不止一倍。

她走过去，挑了两对小猫形状的递过去："老板，这两个刻字多少钱？"

"五十。"

"那他们还差多少？"赵暄和指向旁边手足无措的两人。

"他们统共就带了三十元，根本不够我成本费的！"

"那这样老板，"她笑着说，"我拿两个，你就把那两个折价卖他们吧，

167

就当我们四个一起买的，便宜点。再者老板你字都刻了，也不能再转手，赌气放着不出也挺吃亏对不对？"

老板又瞪了眼两人，才转过头对赵暄和说："行，开门做生意，今天就看在你的面子上放过这两个小鬼！"他又挥了挥拳头，"小鬼！看你们身上穿的校服是城南一中的学生吧，就几步远，下次再做这种事小心我告诉你们老师！"

女生付钱拿了东西后，赶紧拉着男生跑开了，背后书包拉链上的玩偶殖着跑动一晃一晃的。

老板问："小姑娘要刻什么字？"

"沈长风，赵暄和。"

"哪几个字？"

"长风万里的长风，白日暄和的暄和。"赵暄和笑了，担心刻错，又拿纸笔写了一遍。

老板很快就刻好，给她装上封起来，可能是对赵暄和天生笑眼很有好感，又多讲了几句："小姑娘不是本地人吧，那等会儿可得去尝尝拐角那家串串，现在去还不用排队。"

赵暄和眯眼笑："谢谢老板了。"

她继续去逛，走离刻字的摊位没多久就被刚刚那两个学生拦住路。女生扎着俏皮的丸子头仰头看她，声音嗫嚅："刚刚谢谢姐姐了，我们不是故意不带钱的，是真的不知道它这么贵！然后都刻一半了，就……"

赵暄和屈指在两人脑袋上各敲了一下，取笑："下次别这么冒失了，

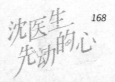

168

要是被人家捅到老师面前去，你们可不得倒霉啦？"

女生红了脸，再抬头时也没有刚刚那样局促了，她仰头羡慕地笑："姐姐可真好看，人还特别好！"

"你这小嘴怎么这么甜，刚刚要是跟人家多说几句这种好话，指不定早卖给你们了！"赵暄和乐不可支，越来越觉得面前这小鬼可爱有趣。

"我可没瞎说，姐姐确实好看哪！要不然那个大哥哥为什么要一直盯着你看呢？"她猛地伸手朝后一指。

赵暄和愣住，随即回头。

而几步远的长街上，沈长风正朝着她笑。

女生跟男生跑开了。

沈长风抬脚过来。

"你什么时候来的，也不过来？"

"这不是看你正被人夸吗，不敢打扰。想听听她能将你夸成什么样子，有没有说违心话。"

赵暄和"哦"了声："那请问沈医生听出话里的水分了吗？"

"没有，小姑娘眼光很好。"

赵暄和挑了挑眉，听他继续说道："那特别好看的姐姐可以把要送我的挂饰拿来了吗？"

原来他早来了，甚至将刚刚她在摊位前买东西的事尽收眼底。

赵暄和也故意说道："你怎么就知道那是要送你的？我可以买了自己用啊。"

"刻了我的名字就是我的，快拿来。"沈长风朝她张开手，耐心道。

本来也是准备送他的。她把东西掏出来，沈长风立马当着她的面给套在车钥匙上了。宾利的钥匙就这样被主人强行扣上过分可爱的小猫挂饰。

"好看吗？"沈长风拿在手里晃了晃。

"好看。"

两人看着彼此笑着。

赵暄和在沈长风眼底看见了自己，小小的一个。她不禁就这么陷在那个恒温宇宙里，迟迟不愿意移开眼。

这样的一幕，让她不禁想起高中时期的某天……

高三时期，早读课时间调到清晨六点整，住校生五点半就得起来，更别说走读生。而晚自习时间也拉长了。

那天早上，轮到赵暄和跟沈长风做值日，清扫楼道，两人默契地提前了半个小时来。

没想到那天楼道十分干净，两人只用了五分钟就清扫完了。正值秋季，天没亮透，晨雾也没消散。

整个校区雾蒙蒙的，什么也瞧不真切，四周静悄悄的，两人就拎着扫帚坐在楼梯上等班长来开门。

百无聊赖中，赵暄和问沈长风："你想考什么大学？"

"你呢？"他反问。

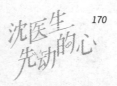

170

"我吧，看最近的模拟成绩，一本应该不成问题。"

沈长风笑得抖了抖肩膀："嗯，好学生。"

"你就不能认真地学习，考个好大学吗？"赵暄和瞪他一眼，"上次统考为什么交白卷，你是真不会吗？我觉得不是，你就是态度有问题！"

"我参加艺考。"沈长风不再逗她，稍微正色道，"文化课不行的话，就艺考。"

"我觉得你行。"赵暄和叹了口气，"上次的压轴题我看见你写了，我就在你后面，你没发现。"

沈长风脸上的笑一下子收住了，他忽然侧头认真看着坐在自己身边的女生，良久嗤笑出来："真够贼的呀，知道了还能忍这么久，怎么不来问我为什么？"

"还能为什么，你不是爱出风头吗？保不准是想高考一鸣惊人，把学校里那些对差生持有偏见的老师吓一大跳。"

赵暄和撑着下巴，目光落在远处，声音平静又随意。

她从来不觉得沈长风这样做有什么不对，她也不准备问他理由，他能不能考上大学才是她最关心的事。

两人一时都没有说话，就一上一下隔着一级楼梯安静地坐着，直到远处传来脚步声，随之而来的，还有男人清嗓子的咳嗽。

两人对视一眼，朱霸！

教导主任一般比学生来得早，一是处理公务，二是在校园里溜达，揪那些来了学校不读书却闲聊的学生。

171

他们此刻坐在一楼，沈长风直接撑着扶手翻身下去，赵暄和也跟着他迅速闪到楼道下的小隔间。

小隔间是用来放清洁工具的，刚好能够站两人。

赵暄和窝在男生身前，头刚好到他的胸口，抬头能看见他一双眼亮晶晶的，正凝神静听远处的动静。

四周安静极了，谁都不敢动一下。

朱霸已经到楼梯口，正准备上楼。

这时，赵暄和不安地动了动，沈长风抬手按住她的头，用口型说："别动。"

赵暄和立马一动不动了。

不知道过了多久，沈长风才放开按住她的头的手。

他松了一口气："走了。"

赵暄和问："我们为什么要躲，我们不是正经的值日生吗？在躲什么？"

沈长风："……"

沈长风："不是……那你跟着跑什么？"

赵暄和睁大眼睛："不是你先跑的吗？"

沈长风："我那是条件反射，习惯了。可你跟着我跑什么？"

赵暄和张了张嘴半天说不出一个字。

沈长风笑得直不起腰，道："好学生，逗你呢。"

他眼窝深，里面像藏了一个宇宙，在黑暗里犹如两盏永不熄灭的灯火，

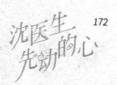

172

赵暄和望过去，在里面发现一个小小的自己。

他眼底眉梢都是笑意，看着她。

忽然，他轻声说："好学生，拍个手吧。"

赵暄和没反应过来，木木地问了句为什么。

小道上已经出现背着书包过来上早读的学生，沈长风指了指远处，说："那里，一定会有我的名字的。"

赵暄和看过去，发现他指的是粘贴优秀学生照片的宣传栏。

"所以，好学生能不能跟我拍一下手，借我点运气？"

沈长风笑。

赵暄和买了一把串串，吃得不亦乐乎。沈长风有职业病，只吃了两串素的就不再碰了，赵暄和乐得独享美食。

两人将一条长街逛完时，她手里又有了一捧糖炒栗子、一杯鲜榨果汁，还有一些拿不了的，沈长风帮她拎着。

长街尽头是城南一中的围墙，透过铁栅栏，可以看到学校的操场，在那里跑 800 米的经历是赵暄和至今都摆脱不了的噩梦。

仅仅是在围墙外看一眼，大堆大堆的回忆就往脑子里钻。

"进不去，门卫说最近高三学生在进行模拟考，外人不能进去。"沈长风站在旁边，似乎有其他法子。

赵暄和有印象，这里的围墙对沈长风来说是小菜一碟，以前他不知道翻越过多少次。害怕他真做出什么奇怪的举动，她赶紧拖着他回去："改天，改天进去玩吧，挺晚的了，我们回家。"

情急之下，赵暄和竟然主动牵上了男人的手，大步流星地往回走。沈长风视线落在两人交叠的手上，满目笑意。

赵暄和走了几步就意识到不对了，像被烫到了似的立马松了手。

沈长风淡定无比，还故意伸手取笑她："来，给你牵，不收钱。"

他这不要脸的本事可能真的是无师自通，赵暄和狠狠地剜他一眼，耳尖薄红，抬脚走远。

沈长风不紧不慢地跟上，在后面说："你等等我，糖葫芦、糖炒栗子、糖醋小排、炸鸡翅，都不要了？"

"你吃吧你！"赵暄和心脏怦怦跳。

沈长风笑了笑，笑容里掺了十分的温柔。

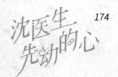

第九章

沈长风，你是不是喜欢我呀？

Shen Yisheng

Xian Dongdexin

沈长风最近多了一个爱好，就是晚饭后拖着赵暄和下楼散步。

但是，赵暄和是极其排斥的。

"不想去，我一点儿都不胖，为什么要散步？"她坐在沙发上给徐时回邮件。

时年倒霉的这些天，她过得无比轻松快乐，甚至将几天前掉的肉全养了回来。

沈长风换完鞋子，过来一把将她电脑扣上，淡声坚持："不是减肥，是消食，吃完饭就一直缩在沙发上玩电脑，胃会有负担。"

"沈医生，你真是我见过的最负责的合租室友。"赵暄和抬头朝他微笑。

"少废话。"他抬手将人一把提溜起来。

跟沈长风住一起的这段时间，赵暄和的生活肉眼可见地规律起来。圈子里很多作者爱熬夜写稿，赵暄和自然也是，以前独居没人管，爱几点睡就几点睡。

现在——

"沈长风，你这么早拉电闸是有病吗？我的文件没保存！我没保存

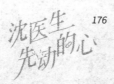

176

哪！"赵暄和冲着黑漆漆的客厅咆哮，可哪里还看得到半个人影。

沈长风规定十一点准时回房睡觉，多次被沈长风抓包赵暄和还死不悔改后，他懒得再废话，时间一到，一秒不多，直接拉闸。

几次搞下来赵暄和果然怕了，十一点一到就乖乖抱着被子回房躺床上睡觉。

客厅里"啪嗒"一声脆响，房间陷入黑暗。她睁着眼在黑夜里适应了会儿，嘴角慢慢上扬，攒出一点儿心满意足的笑。

生活慢悠悠地往前，可这种平静无澜的日子最终还是被徐时的一个电话打破。

徐时："漫画恢复连载了，刚刚官网新上传了最新的十章，现在网上已经炸了。"

赵暄和震惊了，她算了算日子，这石膏吊了还没有一个月，时年就能重新拿笔了？

"你让我看看。"她从房间抱出电脑，飞快地输入网址进去，果然《你眼里万丈光芒》承包了整个页面，新的十章就在头条推送。

"这恢复速度，我给我家仙人球砍个刺也没这么快恢复的呀！你说时年会不会是个妖怪？"徐时恍神之余已经朝着妖魔化的角度想了。

赵暄和边听着女人吐槽，边打开一章浏览。一开始都没什么，可越往下看，她鼠标滑得越快，后来索性一把丢开，吓得整个人缩回沙发抱膝定住。

177

徐时听到了动静，静默片刻后问："怎么了？"

良久。

"找个风水师吧，徐时，"赵暄和目光都是直的，"我们可能真的遇到妖怪了……"

这回轮到徐时语塞。

徐时："你好好说话，到底怎么了？"

"你仔细看看上面的词，我书里根本没写呀！"

"我知道，漫画社连载时小幅度修改很正常啊。"徐时看的时候也注意到了，不过连载时画手很容易来即时灵感，某个场景能冒出更契合原著的词，这个时候就可以做出修改。

"不，不正常。"赵暄和却拼命摇头，此刻她心里已然一片山崩海啸，可没法子理出一个完整的头绪来，只能忍住茫然和无措跟徐时解释，"你知道吗，在写这个故事之前我是做了修饰的，沈长风跟我的种种细节，我不可能不加修饰就放进书里去，小说需要加工——"

"但你看第十一章，女主人公给男主人公说的那句话，我没说，不，不是我，是女主人公没说，但我说了……"

"什么你你你、我我我的，你挑重点讲。"徐时一头雾水。

"简而言之，"赵暄和倒吸一口凉气，"这新更的十章所做的修改的部分，是现实里我跟沈长风经历过的，但原著中刻意省略掉了……

"所以说，这完全不可能。只有我跟沈长风两个人知道的事、说过的话，画手怎么会知道？"

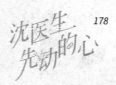

她说完，周围空气都像凝固住了，连徐时那边也是一片死寂，静得能听清外面的马路上汽车此起彼伏的鸣笛声，树枝被风吹得晃动的声音。

徐时的声音终于从对面传来，却刻意放缓了呼吸，不知怕惊动谁，她说："我在想，有没有一种可能……也许，画手跟沈长风认识呢？"

这……真的太不可能了，以至于说出来后两人都默契地谁也没给出回答。

徐时："虽然最新十章跟之前差距不大，但仔细看还是能看出区别的，漫画社换了人，找了个能模仿时年画风的人，而且这人美术功底很深厚，的确将时年仿了个十成……"

"我得再去漫画社一趟！"赵暄和立马从沙发上站起来。

赵暄和赶到漫画社门口，把车停好后马不停蹄地往前台走。

因为上次刚来没多久，前台小姐对她还有印象，笑着问："赵小姐还来找陈主编？"

她点头。

"不过今天不凑巧，陈主编刚刚去见萤火新闻网主编了，估计得两个小时后才回来。"

赵暄和神色不动，心里却有了主意。

她客气大方地笑了下："我跟陈主编说过了，就在办公室等他。我下午没事，不着急。"

前台小姐信以为真，很爽快地就放人进去了，并问她要不要喝点什么。

179

赵暄和委婉地拒绝，随即目标明确却又不紧不慢地往上次的办公室走过去。

　　陈立柏的位置她记得，一路过来大家都是匆匆忙忙的，没人招呼她。等推开门进去才发现里头竟然没几个人在办公，很多人过来拿了材料就出去了，看架势，应该是赶着去开会。

　　赵暄和走到陈立柏桌前。

　　桌上东西还没收拾，各种文件堆在一起，赵暄和抬手随意翻了两下，随后指尖碰到一沓厚实的档案袋。

　　她顿住，抽出来一看，最上面一个竟然是去年的资料。

　　赵暄和心跳加快，赶紧上下浏览一遍，不过结果证明，她的确不认识这个比她小几岁的画界新秀。

　　正遗憾着，又有个人的资料掉出来，她捡起来刚要塞进档案袋，视线却无意扫过姓名栏，随后，双眸越睁越大。

　　血液一瞬间直冲脑门，她僵在原地，手脚冰凉。

　　沈长风。

　　冷风从背脊擦过，这个名字她无论如何也不会看错，甚至又仔仔细细看了一遍，最后证明，的确是他。

　　连工作单位都一模一样，××医院。可文件上又写了什么呢，新签约画手？

　　沈长风竟然就是漫画社新签的合同画手！《你眼里万丈光芒》最新十章的作者！

180

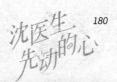

种种怪异似乎都有了解释，为什么这个画手如此清楚七年前只有两人才知道的细节，因为画画的就是沈长风！

随即，赵暄和就被另一个消息吓到。

这是不是说明，沈长风已经知道她那本书的存在了呢？

她顿时感到一阵天旋地转，扶着桌子立了许久，意识一点点回来。

"哎？赵小姐，你现在回去吗？我们主编还没回来。"前台小姐见赵暄和急匆匆地往外走，连忙探头问。

"嗯，突然想起来社里还有工作没做，我下次再来。替我跟你们主编问个好。"赵暄和头也不回，转眼消失在门口。

在太阳下晒了许久，赵暄和才感受身体渐渐回温，冷静下来后，心里又接连涌上无数疑问，有的没答案，有些隐约猜到答案，可种种原因，都需要沈长风亲口跟她说。

她完全可以打个电话将一切搞清楚，但她忍住了。

沈长风今早收拾了行李出门，说要出差一周。赵暄和想，她可以等，等一周回来后将一切搞清楚，她得当面要个答案。

当晚，赵暄和突然有些坐不住了，于是就给徐时打了个电话，然后去了酒吧。

徐时到酒吧的时候，赵暄和正扭着腰肢在舞池里乱舞，长发乱糟糟地披散着，妆容邋遢得要命。

徐时把人扯出来按在卡座上，要了瓶酒。

"几个意思啊喝成这样，我真想拿这开瓶器给你脑袋来一下，看看里头是不是都装的水！"

赵暄和撑着下巴盯着她看，忽然笑了笑，大声问："沈长风，你是不是喜欢我呀？"

徐时眼皮一掀，冷静地瞅着她："这话你去问沈长风去。我知道你没醉，别装疯卖傻。对了，你下午去漫画社干吗了呀？陈立柏给我打了个电话，听语气还挺慌，你怎么他了？"

"没怎么他。"赵暄和坐直身子，抿了口酒，等酒液顺着喉咙下去，扑灭一肚子的火气。

她缓声道："是沈长风，沈长风是新更的那几章的画手。"

徐时显然当她在趁着酒意瞎说："别给我扯犊子啊，一只拿手术刀的手还能去拿画笔不成，拿得惯吗？"

"可是，他原本应该是个画家的呀。"赵暄和无声地轻笑，却是说不出的苦涩。

徐时终于有点相信了。她把小说情节从头到尾回忆一遍，似乎有某一章节真的说过，男主人公艺术天分出众，尤其是画作方面。

酒杯早满了，漫了一桌，赵暄和替徐时把酒拿开，淡声道："酒很贵，我没带钱包。"

徐时此刻压根儿不在乎这个，她一直皱眉，追问："我真是彻底搞

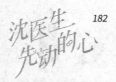

不懂你们之间的事了。沈长风究竟什么意思，喜欢你，想追你，准备给你来个意外惊喜？"

"我也不知道，一个男人做这些难道不是喜欢的意思吗？可是，"赵暄和垂下眼帘，"他什么也没说，甚至……"甚至可能在明知道她对他所怀的心思后还保持不安全的距离，继续诱惑性地向她传递他对她的好。

从某种意义上来说，已经是"勾引"了。

可她根本不需要他花什么心思设套布局，只要他温柔地开口，她就会被迷得五迷三道。

"我承认，好像无论过去多久，我都忘不了他。其实写完《你眼里万丈光芒》后我就发现了，那些细节我竟然能记得那么清楚，就好像每天在脑子里盘旋翻转一样。我告诉自己那不过是青春里的遗憾，我从没喜欢他，我早就放下了，可我越来越说服不了自己……

"我以前多么喜欢他，现在依旧这么喜欢他。"

"你有没有想过，"徐时轻声假设，"你们当年很可能就是相互喜欢呢？只不过少了那么个契机说出口，抑或是有什么原因阻止了。"

徐时受到这个灵感启发，一下子就像打开闸门，二十多年来的思维都没今天这么顺畅过。她突然问："沈长风为什么突然当了医生？你自己都说了他未来完全可以是个画家，可为什么放弃自己喜欢且擅长的事转而去当个医生呢？"

赵暄和背脊像绷紧的弓，目光越来越迷茫："我没细问过，我觉得是他的隐私所以就没问。"

"你呀你！"徐时啧了声，恨烂泥扶不上墙，"这点反常你都没发现吗，你还敢喜欢人家多年？人家不说是等着你亲口去问呢！我都替沈长风觉得心肝儿疼。"

赵暄和喝酒喝得脸微红，脑子却十分清楚。

她扑腾着去翻包，刚要给白霜打个电话，打听一下当年到底发生了什么。

却不料手机在这时振动起来，来电者恰恰是白霜。

酒吧里音乐声还在轰鸣，电话里白霜哭得上气不接下气，她声嘶力竭地哽咽着："暄和！我爸脑溢血进医院了，我怕！我好怕！我现在不知道该怎么办，你能不能来陪陪我……"

晚上十点，医院。

空荡荡的抢救室外，红灯刺目，将幽暗阴沉的走廊照了个半亮。

白霜瘫在地上号啕大哭，身子抖得如同筛子："我不应该让他一个人在家的。我明知道，明知道他身体不好，我还让他一个人在家……"

沈之路站在对面，手伸进裤兜摸到烟盒，想了想还是放下，抬脚过去："别哭了。"

白霜泪眼模糊，脸上的妆也花了大半。

她抬头看着沈之路。赵暄和还没到，对她来说，沈之路就是唯一的寄托跟救命稻草。

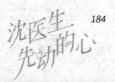

184

接到邻居电话时她正在工作室写稿，人不在 A 市，而整个工作室又只有沈之路正好还在。离家在隔壁市工作这么多年，除了沈之路，她似乎也没有其他人能倚仗，所幸沈之路没把人一送到就走，一直在这儿耐心陪着。

"师父……"她低声呜咽，像只受伤的小兽。

沈之路垂眼，瞧着她，抿唇不语。

说实话，工作室里一众徒弟，他不可能每个都在意。能让他多分出几分注意力教导的，向来不过两种人，一种是赵暄和这种天赋异禀的，另一种是花足够多的钱砸进来的。

他沈之路不是慈善家，良心跟诚心都可以明码标价的。而白霜既不聪慧也没钱，她太普通了，普通到他此刻才算认真思考了一遍这个徒弟平日里的业绩跟为人。

可现在，她茫然无措，狠狠地揪住他的裤腿，怕他丢下她离开。他突然觉得这小姑娘有点可怜。

好像有些良心发现。

所以，他俯下身，轻轻拍了两下白霜哭到抖动的背脊，温和地说："没事的，你爸一定能平安出来。"

白霜本来挺怕他，但今天那双喜好把茶杯往人身上丢的手突然温柔了，按在她的肩膀上传来源源不断的力量。

她哭声小下去，轻轻地点了下头。

185

赵暄和跟徐时被堵在高架桥上，心急如焚。

徐时打开车窗看了下路况，扭头对她说："起码还得十多分钟，你那朋友一个人在医院？"

"白霜心里肯定害怕死了。怎么办，我现在过不去！"赵暄和的酒意早因为刚刚那通电话吓得消散了，此刻眼圈通红，恨不得插上对翅膀直接飞到医院去。

"等等，她刚刚说她爸被送到哪儿了？××医院？"徐时一拳砸上手心，"不就是沈长风在的医院吗？你赶紧给他打个电话呀！"

"可沈长风出差去了。"

"沈长风出差了，但是可以打电话给相熟的同事帮忙啊！"

经徐时一番话点醒，赵暄和再顾不上两人之间的种种了，赶紧拨号打过去，不过响了两声就被接起来。

"喂。"

"沈长风！"赵暄和听见自己声音带着哭腔，"白霜的爸爸被送到你们医院抢救了，你有没有朋友能过去帮帮她，我……我被堵在高架桥上了。"

"你先别急。"

在外地出差的沈长风连开了一整天的会议，此刻正是短暂的休息时间，等会儿还有手术方案要改。

会议厅灯火通明，长桌旁围坐了一圈医生，大家眉眼间皆是倦色，其中一个刚准备喊沈长风看资料，就见他接起个电话才说了两句就疾步

沈医生
先动的心

往走廊去了。

安静的走廊里，沈长风每说一句都有回音，声音镇定又让人心安，他问："什么原因抢救？"

赵暄和："脑溢血。"

声控灯晃了两下后在头顶熄灭，四周重新恢复黑暗。沈长风却沉默了一瞬，才开口："等会儿我跟主任刘老通个电话请他亲自去看看，他是这方面的专家。你别急，不会有事的。"

"可我特别怕……"

"暄和，"他轻声说，"信我。"

挂了电话，高架桥也终于畅通了，徐时迫不及待地问："怎么样，沈长风是不是都替你解决了？"

"他请了个主任过去看看。"

车窗外不时掠过彩色灯牌，流光溢彩，赵暄和心里却有些不安。

这种不安感一直持续到医院，她远远就看见坐在长椅上塌着肩垂头缩成一团的白霜，赶紧小跑着过去。

"白霜！"

"暄和！"

两个女人在走廊里抱住，白霜没忍住再次哭出来。

赵暄和也看见了沈之路，男人倚靠在墙上，表情寡淡，淡淡地扫了她一眼。

自上次生日分别后，这次见面，赵暄和能感觉到对方对她的态度明

187

显有了变化，眼里没有之前那种另眼相待的感觉跟微妙的控制欲了。

她跟他打了个招呼："沈之路。"

"叫师父。"沈之路把手机收进口袋，朝她俩走过来。

"刚刚来了个老头儿急匆匆进去了。"他说，"进去前问了句谁是赵暄和，你找来的？"

"不是，是我朋友，他在这个医院工作。"赵暄和扶着白霜重新坐下，替她把眼泪擦干净，轻声安慰，"别怕了，现在我们都来了，还有刚刚进去的那个医生超级厉害，是沈长风找来的脑溢血方面的专家，所以你爸一定会没事的。"

徐时跟沈之路在旁边安静地看着她们说话，良久两人对视一眼，又移开。

走廊重新恢复寂静，四个人谁也没说话，一齐盯着那唯一的光源看。

手术已经持续了两个多小时。

赵暄和觉得白霜整个人紧绷着，她握上白霜的手，给予安慰。

没多久，那亮了一晚的猩红，终于"啪嗒"一声熄了。

白霜猛地站起来。

手术门打开。

走出来一个上了年纪的医生，他将一次性手套摘了，看了四周一圈，问："谁是病人家属哇？"

赵暄和扶着白霜走过去。

"我是……"白霜讷讷地出声。

沈医生
先动的心

"哦，病人没事了，不过要在重症监护室住几天，后面就可以转到普通病房。"

白霜紧绷的身子陡然松开，差点站立不住，幸好赵暄和始终在旁边扶着。

"谢谢医生！谢谢医生！"白霜眼泪唰唰唰地又重新开始流，不过这次是喜极而泣。

众人都松了一口气。

这位医生叫刘世仁，再过两三年就到了退休年纪，本来今晚带完实习生就准备回家，突然接到人在外地的沈长风的电话，那小子平常同人一句闲话不说，如今竟再三请他帮忙。

他问了句："什么手术？"

沈长风："脑溢血。"

刘世仁当下就觉得不可思议，果然追问两句后得到个名字。

做完手术。他虽然倦了，但一双眼转了一圈，随后问："哪个小姑娘姓赵哇？"

被突然点到名的赵暄和不明状况，往前走了几步，说："是我。"

刘世仁拉下口罩，慢悠悠地将赵暄和打量了一番，最后眼里写满满意，又重新把口罩戴上，双手背在身后。

赵暄和好笑地问："请问医生，您找我是有什么事吗？"

"不是那沈小子请我来的吗？我叫刘世仁。"

"原来是刘主任！"赵暄和立马朝人鞠了一躬，"今晚真的麻烦您了！"

"不碍事，不碍事。"刘世仁笑意更大，看赵暄和的眼神越来越满意，忽而探头凑近了问，"跟沈长风谈多久了呀？"

赵暄和："啊？"

"你俩啥时候谈上的？你家在哪儿？做什么工作的呀？"

"刘主任您误会了。"赵暄和恍然大悟后忍不住笑起来，这个老前辈竟然出乎意料地幽默风趣。她解释，"我跟沈长风是高中同学。"

"啊，高中同学。高中同学也好哇，知根知底的。"

"不是的刘主任，我的意思是，我不是沈长风的女朋友。"赵暄和真心觉得这个老前辈可爱极了，让人忍不住想跟他继续交谈下去。

刘世仁眼底一片惋惜，后来不知想到什么连连啧声，摇头叹息说："那你这个高中同学对他来说可是太有分量了，这是他第一次主动找我帮忙，而且还是脑溢血……"

赵暄和不太明白，脸上一片茫然。

刘世仁惊讶极了："你是他高中同学，你不知道吗？"

"他爸死于脑溢血。"

走廊尽头窗户开着，安静极了，这座城市彻底睡过去。

赵暄和突然觉得有点冷，徐时他们几个去病房等了，偌大空间只剩了他们两个。

赵暄和静默地站着，觉得这个世界不太真实，还是说她其实在梦里没醒来。不过一天的时间，她被接二连三的爆炸消息轰炸，可都比不上

沈医生
先动的心

此刻这个令她震惊。

刘世仁长叹一口气："我朋友说沈长风他爸就是死于脑溢血，没有救过来。"

赵暄和："什么时候的事？"

刘世仁算了一下："高中吧，可能他刚要升大学那会儿。"

刘世仁张嘴一开一合又说了什么，赵暄和什么也听不见了。她像被推进一场黑白默片里，四周景象远去，带走一切感官。

故事从来有许多视角，而当年藏在背面她看不见的某些事情，天崩地裂后从冰面下慢悠悠地浮上来。

第十章

我们和好吧

Shen Yisheng

Xian Dongdexin

高考前一个月，沈长风请了个长假，对于这个年级榜上异军突起闯进前三的黑马，班主任还是准了，不过只给了三天。

　　"沈长风，我知道你考一本并不难，但这个节骨眼还是不能松懈。就三天，无论还有什么事，等高考之后说。"

　　"谢谢老师。"

　　沈长风从办公楼下去，夕阳把他的影子拉得老长。还在上课时间，所以整个校园都显得空旷又冷清。

　　忽然，他似有所感一样抬头往某个方向扫了一眼，顿住，喉头滚动两下后笑着开口："你怎么来了？"

　　女生抱胸站在树荫下，眉眼嚣张又生动，身后是大把火烧云，直烧进他眼睛里去。赵暄和既没动也没朝他走过去，她说："你就准备这么走了，也不跟我打个招呼？"

　　"我就是请个病假，又不是不来了。"沈长风将手里的假条展开，远远地给她看，"就三天，还不回去上课的话，等我回来你的第二名可就不保了。"

　　"沈长风你也太嚣张了吧。"赵暄和笑骂。"那我们就比一比，看最后一次模拟考试谁比较厉害！"

风扬起女生的裙角，落日余晖下美得不像话。沈长风忽然觉得眼睛有点疼，他眨了眨眼，等敛下眼帘，又成了平日里那个不可一世的恣意少年。

"好哇，沈哥跟你比。"

等沈长风终于把女生送走，四周又重新寂静下来。他站了会儿后抬脚默不作声地往校门外走，打车去往市里最近的一处公墓。

明明是盛夏，整个公墓里却有点阴寒，犹如一张巨大的蛛网兜头罩下来，勒得人呼吸不畅。而有的人，在夏季死去。

照片是普通的生活照，上头的男人发福了不少，至少比抛弃他跟母亲的时候胖了很多，看来在重组家庭中过得不错，可即使不错，不还是死了吗？

沈长风靠着石碑坐下来，摸着上头男人的脸，突然笑了一下："老沈，你想没想过自己有这么一天还是得下去陪我妈？怎么办呢？"他突然发狠，一拳打在碑上，癫狂地大笑不止，"有钱又怎么样？有了新老婆又怎么样？钱跟老婆还不是马上要跟别人跑了！"

他踹了一脚："你怎么死得这么容易！你不是最狼心狗肺吗？你给我滚回来把你那些烂东西给我拿走！"

"我不需要你的钱！我的一切都跟你没关系！"咆哮得狠了，沈长风嗓子里全是铁锈味，可他还在不知疲倦地叫哇，砸呀，恨不得将面前的石碑连根拔起才解气。

力气慢慢流逝，这一场发泄走到尽头，他抬手去擦额角的汗，却在

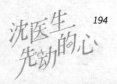

194

脸上摸出一手湿润。

纸呢？他又满地找书包，但眼前景物越来越模糊，终于，他扛不住地摔坐在地，发疯般地哭喊出声。

沈长风此刻清楚地意识到，没人会应他了。

这个男人再不会从地下钻出来，在他生日那天偷偷买了蛋糕送到学校，即使被他当着面塞进垃圾桶，也不会开着车远远跟在他后面，讨得他的冷嘲热讽……如今男人把痛苦如数全加诸到他身上。

谁都没饶过谁。

从日落坐到夜深，公墓管理员日常巡视，寻到沈长风面前，手电筒照了下石碑上的照片，再跟沈长风说话时，语气柔和不少。

"回家吧，时间到了，明天白天再来。"他抬手拍了拍男生肩膀，叹了口气。

沈长风木着脸从地上捡起书包离开。

这三天，没人知道他去了哪里。

等三天后沈长风再出现在班上，已是模拟考试结束，他没赶得上。

赵暄和果然拿了第一，名字冲到榜首，可这次后头跟的却是另一个人。

她下课路过那儿，扯住身旁男生的衣角，突然问："为什么不来考试，你说过以后我俩并肩第一第二，把榜单占到高考为止，这话是谁说的？"

沈长风轻笑了下，反问："那你要跟我考同一个大学吗？"

赵暄和猝不及防地愣了下，随后支吾道："这……这我还没想好呢，你想考哪个？"

她是真的没想好，最近爸妈正围绕她考哪个学校吵得不可开交。

沈长风一眨不眨地盯着她。

这眼神让赵暄和下意识地垂下眼，故作淡定地说："我不太了解，你说出来我参考参考。"

"我想留在Ａ市，我报Ａ大。"沈长风第一次用坚定的语气试探，他留意着女生的表情，既期待又害怕。

所幸女生只是思索了一会儿，随后点头说："嗯，Ａ大挺不错的。"

沈长风立马笑开，半开玩笑道："那就跟沈哥一起吧，沈哥继续罩着你。"

"可我……"赵暄和想起来家里那两位的施压，但目光一触到沈长风，她就不忍心了，一咬牙，点头，"行！"

沈长风眼睛一下子就亮了，他许久不说话，用一种淹没一切的眼神望着她。

赵暄和敏锐地察觉到异样，抬手在他面前晃着："沈长风，你怎么了……"

他突然捉住她的手，伸手钩住她的尾指，笑："拉钩。"

这种幼稚的举动一下子把赵暄和逗笑了，她配合着晃动了两下手，说："沈长风，你今年三岁吗，是不是还要盖章？"

"盖章。"

说完，他真的主动对着女生的拇指按上去。

赵暄和惊了。

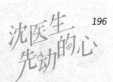

此刻是下课时间，校园里走动的学生还不少，沈长风又是个话题人物，他竟然就这么光明正大地杵在这儿跟她对手指，而且还一脸严肃认真。

耳边，沈长风沉着嗓音似警告道："赵暄和，你今天是答应我了的，以后要是撒手离开，我一定不会放过你。"

沈长风即使现在摇身一变成为成绩还不错的学生，但骨子里的狠劲还在。他说这话时，是真的发自内心的，告诉自己也告诉赵暄和——你不能离开了。

只是赵暄和并不晓得这个离开的意义。

在一个少年的心里，她有了分量，成了不能割舍的现在与未来，而她只当这个离开，是答应沈长风考同一所大学不毁约。

高考那两天天气很好。从考场出来的时候赵暄和感觉浑身轻松，可等那股子新鲜感过去，心里又像堵了团棉花，胀胀的，还有一种若有似无的酸涩感与怅然。

然而，不等她仔细体会，赵暄和就跟母亲爆发了有史以来最大的"战争"，就大学的报考问题。

"什么叫留在这里挺好的？我们养了你十多年，你现在是翅膀硬了不需要我们了吗？"

"我不觉得 A 大比 S 大差在哪里，A 大就在本市，我还可以多回来看看你们。"

"不需要！"赵母气得脑仁疼，坐下使劲地按着额角边揉边说，"我跟你爸为了你上大学，连新房子也买好了，就在 S 大旁边，又近又方便。

197

等你考完就搬家。"

"搬家？"赵暄和不可置信地瞪大眼睛，"什么时候的事，你们怎么从来没跟我说过？"

"这种事不需要你操心，你只需要好好考试好好学习，给自己挣个好前程就成了。"

"不行，我不搬！"赵暄和拼命喊，"我在这边的朋友怎么办？我在这里住了十几年，我有感情了！"

"什么感情，有你的前程重要？你知不知道爸妈为了在S市落户做了多少事？你这孩子怎么这么不懂事呢？"

赵暄和眼圈都红了，她脑子里盘旋的全是，完了，她要跟沈长风分开了。她不想离开，她想一直跟沈长风在一起……

所以，她想也不想地脱口道："你才不是为了我，你就是为了你自己！我知道考S大其实是你没完成的心愿，你想把自己的女儿当成傀儡，来成全你的自私自利！"

"啪——"

响亮的耳光震得赵暄和耳膜生疼，可饶是这样，她也死咬着嘴唇没让眼泪掉出来。

下一秒，她拿起书包夺门而出。

赵母气得身子直抖，心脏跳得又急又猛，她赶紧跑去房里翻出一瓶药，倒了两颗在嘴里含住。

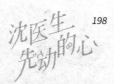

分数出来，赵暄和考得不错，她赶紧给沈长风打了个电话，得知男生比她还要高两分，考 A 大绰绰有余。

一中有单独的志愿填报时间，到时候家长需要到校跟孩子一起讨论，而老师会在旁边指导。当天，赵暄和特地没告诉家里，跟沈长风两人坐在走廊里，各拿了纸笔。

教室里，家长跟学生讨论得热烈，两人就并肩坐在地上，沉默着一起钩上 A 大。

填完所有的选项后，赵暄和第一次生出点将叛逆摊开在日光下的爽快来，她第一次因为某个人某件事竖起铠甲来抵抗外界。

她心里乐开花。

沈长风也填完了，对着纸瞧了很久。赵暄和想起来他家长也没来，随口问了句："你没告诉家里今天填志愿？"

沈长风说："没告诉。"

她更高兴了，这是他们默契的表现。

她学着他的样子往后一靠，仰头说："还有两天系统就关闭了，志愿一交就再也改不了。"

"嗯。"

把表交上去，学校会统一处理，一切似乎就这么定型了。

可第二天，赵母出去买菜回来，一到家就甩了赵暄和一巴掌，气得身子直抖："你们填志愿了？"

"填了。"她平静极了，甚至感觉不到脸上火辣辣地疼。

"你竟然不跟我们商量……"赵母难以忍受地闭了闭眼，从烈日下赶回来，她浑身上下都在流汗，而赵暄和的冷漠跟孤注一掷更看得她心急如焚。她不明白自己从小养到大的女儿为何不能理解自己，自己都是为了她呀……终于她承受不住地两眼一黑，身子倒下来。

闭眼之前，她听见赵暄和慌不择路地冲她喊叫："妈！"

赵母突然晕倒是心脏问题，这些年一直靠着药物控制，平常根本不能有太大的情绪波动。赵暄和是从医生口里知道这些的。

她每天按时去医院送饭，再拎着保温瓶回去洗干净，医院那边请了陪护，她却不放心，基本每天间隔着过去陪床。

在赵母眼里，这才是她记忆里的懂事聪明的女儿。

志愿填报截止，赵暄和没见过沈长风一面，也没联系。终于，在学校张贴出最后报考通知的当晚，沈长风在她家门口堵住了她。

夜色里，男生一身寒气，而这些都敌不过他眼里深不见底的厌恶与憎恨。

他抓着从学校宣传栏上揭下来的通告丢在她面前，冷冷地问："什么意思？"

她从没见过这样的沈长风，戾气十足，凶狠得像要把人撕成两半。

赵暄和把纸从地上捡起来，垂眼，轻轻说："对不起。"

"对不起？"沈长风气笑了，"原来都是骗我的。赵暄和，你根本就是个骗子！"

"我不是……"她猛地抬头，可沈长风眼里满满的不信任让她好似被一把锐利的匕首刺中，她翕动的嘴唇缓缓抿上。

赵暄和把腰板挺直，在夜风中，与他对峙。

两天之前，她为了他不顾一切地与母亲对抗，最后把人气进医院。可现在，他什么也没问，不问缘由，不问她肩上的压力，不理解，不体谅……

一瞬间，她心里压抑多天的不甘跟愤懑全涌了上来。她冷笑一声，用从未有过的倨傲语气一字一句地道："是啊，我是个骗子，你讨厌就讨厌吧，反正以后也见不到了。"

最后那句，她是说给自己听的，说完后转身就走。

可沈长风拉住了她，她侧头。

赵暄和的手背被抓出一片红，火辣辣作痛。

她讥诮道："怎么，还要打我一顿泄气？"

沈长风固执地盯着她："给我一个理由，你为什么骗我？"

"因为不想跟你考同一所大学行了吧，你放开我。"她口不择言，"我真的特别烦，拜托你最近别来找我了行吗？"

她猛地挣脱开，果然，手腕上有了一道鲜红的掌印。她看了原地一动不动的沈长风一眼，越看越委屈，越看越生气，红着眼扭头就走。

"赵暄和，我再问你最后一遍，"

她没搭理，撑着满心满眼的火气还加快了步伐。

"你刚刚说的话，是出自真心的吗？"

家里客厅的灯亮着，是父亲下班回来了，等会儿还得去医院陪护。

于是，她狠下心说："是啊！"

沈长风一言不发。

"别让我再看见你。"

最后，她听见他好像说了这么一句。

……

医院里，消毒水的味道充斥感官，赵暄和僵在原地动弹不得。

刘世仁透过窗户向外看了一眼，说："待在医院那么久了，你赶紧回去歇歇吧。"

不知不觉，已是凌晨四点，徐时跟沈之路已经各自回去了，白霜在病房陪床。

"沈小子的事你可千万别说是我告诉你的呀。"刘世仁走前不忘叮嘱，"他性子又倔又硬，明面上看什么都能扛能顶，不搭理人，其实就是个纸老虎！要是知道我告诉了你这事，为他打感情牌，那小子不但不会感激，还能记我个把星期仇什么的……"

赵暄和勉强笑了笑，应下。

刘主任走后，整条走廊更空荡了。

她忽然明白过来沈长风丢了画笔拿起手术刀的原因，这个看似刀枪不入冷面冷心的男人，其实比谁都要情深。

赵暄和揉了揉眼，抬脚往外走，可走廊尽头，忽然传来一串急促的脚步声。

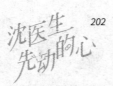

202

她抬眼朝前方看，然后，缓缓伸手，擦掉眼前一片水泽，哽咽地笑开，说：“沈长风，我们和好吧。”

　　沈长风接完电话一个人在走廊里站了许久，里头的人等不及出来催他：“沈医生？赶紧进来吧，我们的讨论会要开始了。”

　　沈长风这才回神，然后一贯冷静从容惯了的神情忽而裂开一丝缝隙，他转向那人仓促道：“帮我请个假，我要回去一趟，不用等我了。”

　　沈长风撂下这句，连外套都没拿，直接坐着电梯下去开车。

　　从 Q 市到 A 市，沈长风开了整整三个小时，连夜赶了回来。

　　他满心想着，赵暄和肯定哭了，她从来不是个硬气的性子，平常也只敢在熟悉的人面前霸道不讲理，俗话说的窝里横。

　　刚刚电话里，赵暄和强装镇定地把事情讲清，可沈长风知道，她不行的，她会哭的。

　　对朋友她一向掏心掏肺，她肯定要担心害怕死了。

　　一到医院他就狂奔上去，正好遇见做完手术出来准备回家的刘主任。

　　刘世仁死盯着他吹胡子瞪眼：“看把你急成什么样子了！结果竟然人还没追到？组织表示对你十分失望啊！”说完，一甩袖子扭头走了。

　　看这样子，手术应该是顺利的。

　　沈长风奔向赵暄和。

　　走廊上，赵暄和又哭又笑，同他讲：“沈长风，我们和好吧。”

　　一句我们和好吧，让他的防御轰然倒塌。

这么多年，他们从不是分道扬镳，也不算破镜重圆，他们只是因为误会吵架了，跟学生时代任何一场幼稚好笑的吵架一样。现在，她向他伸出手，主动求和。

　　他忽然有些站立不住，各种疲惫山崩似的压了上来，赵暄和的一句话，竟然让他生出从未有的脆弱。

　　可他愿意妥协。

　　在名为赵暄和的战役中，他在自己的碉堡上插上白旗，他愿为她无条件投降。

　　许久，沈长风轻叹一口气，哑着嗓子笑道：

　　"好。"

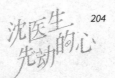

第十一章

我会向你走来

Shen Yisheng

Xian Dongdexin

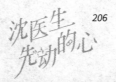

　　赵暄和跟沈长风的恋爱谈得毫无准备。赵暄和一旦拿这个说事，沈长风就能完美地反驳："什么叫毫无准备，我都准备七年了，还不够久？"

　　这么一讲，还挺有道理。赵暄和歪在男人怀里，把苹果咬得咔嚓咔嚓响。

　　沈长风因为逃了上次的调研会，人家直接告状告到院长那里，沈长风被批了一个晨会不算，还有五千字的自我反省书要写。

　　男人长手越过她，把人圈在怀里在电脑键盘上敲得飞快。

　　赵暄和不知道想起什么，突然笑得直抖，差点从他腿上滑下去。

　　沈长风赶紧捞住她，往怀里又塞了塞，示威般地在她屁股上来了一下："好好躺着，别乱动！"

　　赵暄和乖乖地不动了，拿手戳了戳沈长风的下巴，笑问："你猜我刚刚在想什么？"

　　"不猜。"

　　赵暄和也不管他，自顾自道："我想到，写检讨这事可是你的拿手活儿，每个星期的晨会都能在广播里听到某沈姓大佬的大作！"

　　沈长风眼皮子也不抬，又给她屁股来了一下。

　　"所以五千字对你来说简直太容易了好吗！灵感不要来得太快哦，

206

倚马千言，下笔如有神！"

"赵暄和，"沈长风垂眼，对上怀里傻乐的女人，警告说，"你知道你现在在做什么吗？"

"做什么？"

"躺在我的腿上，挑衅我。"

赵暄和僵硬了下，随即弹起来，抱着枕头闪到沙发另一边。

沈长风瞥了她一眼，继续去写自己的检讨。

可没多久，他感觉衣角被人扯了一下，赵暄和跪坐在沙发上，垂眼小声地对他说："沈长风，对不起呀。"

其实他也感觉到了，赵暄和这几天偶尔会情绪不高，看着他欲言又止的。他把电脑合上，转身抓住她的手放在掌心捏，问："对不起我什么？"

"填高考志愿那件事，"她特别小声地说，"其实，是我妈被我气得病倒了，送进医院后我才知道她心脏不好，她一直想我去S大，我觉得自己不能这么自私……"

可是，她却对另一个人自私了。

她欠他一个"对不起"。

如果再倒回到高三那年，她一定会好好同他讲那些话。

"我接受。"沈长风将人重新揽进怀里，在她头顶印上一吻。

"虽然想起来还是有点生气，但我也有责任。我把你当了救命稻草，所以见不得一丝一毫的背叛。"

那晚他跑到她家，拼命求她一个答案，连少年满身傲气都放下了，

207

扯住她的手用他并不熟悉的卑微姿态留人，即使方式不对。

赵暄和稍稍留意一些便能发现他的不正常，一定能把他从晦暗沼泽中拉出来。

他好不容易走到她面前，却被她猛地一把推出去。

"以后我肯定对你特别特别好。"她轻轻在他嘴角吻了一下。

沈长风摁住她的脑袋，将这个吻加深，他撬开她的齿关，攻城略地，却又无限柔情。

一周后，白霜父亲的病情稳定，白霜特地请众人吃了个饭。

沈长风以赵暄和男朋友的身份出现在沈之路面前的时候，赵暄和还小小地紧张了一番。还好沈之路挺给面子，只问了几个不咸不淡的问题。

不过，饭吃到一半，沈之路的问题突然变了味，赵暄和从他温和良善的笑容中读到"热身结束"四个大字。

"近几年，常听说医患关系紧张，沈医生平时会不会有压力？"沈之路低头抿了口茶。

而前段时间遭到病人家属一顿揍的沈长风正低头耐心地给赵暄和剥虾，赵暄和瞥了他一眼，捏了捏他的衣角，意思是让他别搭理。

他却反握上她的手，示意她放心。

"医生救死扶伤，但不扶'无理取闹'。"沈长风将虾送进赵暄和碗里，擦干净手，这才有空扫沈之路一眼。

沈之路显然没料到沈长风对他采取制冷处理，一时，两个老大不小

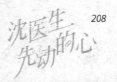

的男人就这么隔着圆桌对视。

白霜缩在旁边看得战战兢兢，她夹了块肉放在沈之路面前的碗里，小声道："师父，吃肉。"

赵暄和也有样学样，给沈长风盛了碗汤，递过去的时候轻声跟他说："这醋不值得吃，我根本没考虑过他。"

果然这一番话下来，沈长风率先移开视线，重新淡定地拾起筷子，挑了根青菜送到她盘子里，说："奖励。"

这几个人，没一个是来专心吃饭的。徐时看得一身恶寒，忍了忍没忍住，不耐烦地敲了敲碗边指责道："一个个的还让不让人吃饭了？"

被吐槽后，后半程还算安静平和。

吃完饭，五个人在楼下告别。

徐时马不停蹄地回了龙吟社，说拜沈长风所赐，她的工作量多了不止一倍，现在上个厕所也得坐在马桶上看平板电脑。

等人全走光了，赵暄和仰起脸对沈长风说："真不准备告诉我？"

"告诉你什么？"沈长风替她系着外套纽扣，随口搭腔。

"漫画呀，我都追问了一个星期！"赵暄和牵上他的手，歪头问，"真的是巧合？漫画社那么巧找上你？这话我怎么这么不信呢。"

"以后再告诉你。"

"可我想现在知道。"

"没门。"

赵暄和围着沈长风转，像只小陀螺，可沈长风不为所动，甚至抬手推了推她凑过来的脑袋。

闹了半天，硬是没撬开河蚌的口，赵暄和乖乖退到一边好好走路。

"喂，沈长风……"她突然轻声喊他。

"嗯？"

"你真看完啦？"

"看完了。"他停下步子笑了，"要不要考一考第几章第几段写了什么？"

"不要！你别说了！"她气得直跺脚，狠狠剜他一眼后，抬脚窜出去老远。

沈长风在原地失笑，随即抬脚跟上。

晚上吃得有些多，主要是沈长风为了堵她的嘴不让她跟沈之路说话，一直给她夹菜。

赵暄和躺在沙发上揉肚子，沈长风去楼下药店给她买消食片去了。

这时，沉寂许多天的赵母突然来了电话，她赶紧直起身子。

"喂？妈……"

"还知道我是你妈呀！"赵母气吼吼道，"上次相亲那事怎么黄的？人家小许回去就说就没相上，问理由又支支吾吾半天说不出个道，我一听就知道这事多半是你搞的鬼！你跟人家小许说了什么？"

"这事都过去多久啦。"她失笑，"这么长时间别说一个优秀的相亲对象，快点的孩子都有了，人家优质青年小许先生没再找下一个目标？"

"呸呸呸，你还挺大方是吧？我告诉你！过了这个村就没这个店，

沈医生
先动的心

人家小伙子多好！我看着就挺喜欢！"

门铃响了，沈长风没带钥匙，她边穿上拖鞋去开门，边说："我们真不来电。"

"那你跟什么来电，哦，你跟电脑来电，跟床来电，跟一大堆垃圾食品来电，你再成天给我窝在家里不动，我跟你爸迟早给你气死！"

沈长风看了她一眼，没说话，拿杯子去厨房给她倒水去了。

赵暄和坐回沙发继续说："那个小许是公务员是吧？"

"是啊。"

"你跟我爸是不是都挺喜欢这种……"她稍微措辞了一番，"看着挺高大上的职业？"

"倒不是高大不高大的问题，主要是人家稳妥，这工作稳定，将来好照顾你，你知道我跟你爸不可能一直……"

越说越离谱，赵暄和赶紧打住："行，那我问你，医生跟公务员你喜欢哪个？"

沈长风端着杯子站在她面前，掌心摊了片消食片。

这话题转得太快，赵母不太明白，良久才"啊"了声。

"你就回答我，医生跟公务员，你跟我爸喜欢哪个多些？"

赵母似乎在思考，许久才犹犹豫豫地答："医生是挺不错，但你知道这年头医生都是抢手货，哪轮得到你这种死宅……"

"行，那就是医生是吧！"赵暄和抬头看沈长风，对上男人努力刷存在感的脸，毫不犹豫道，"正好，我最近谈了个男朋友，是医生。"

沈长风满意地点点头，把消食片跟水递给她，看她咽下去才把杯子拿走。

赵母沉默了片刻，随后无比淡定："赵暄和，你这牛皮吹得我脸疼。"

赵暄和："？"

"你就吹吧你，你这样的，还能找着个医生？"

赵暄和："？"

赵母说："既然牛皮已经吹了，那下周日你爸生日你把人带回来给我们瞧瞧，如果到时候看不见人你就给我老老实实跟小许相亲去！"

赵暄和："……"

挂断电话后，赵暄和看着身旁的男人，说："笑吧笑吧，憋得你挺难过的吧。"

沈长风靠坐在对面沙发上刷手机，闻言不再装腔作势，点了点头，笑道："不知道伯母跟伯父喜欢什么，我得提前准备准备。"

他这是都听见了。

赵暄和叹气："我说要带你回去了吗？"

"不带我，难道带那个根正苗红的公务员小许？"他风轻云淡地说，"你妈比较喜欢医生。"

赵暄和懒得搭理他，回房玩手机了。可沈长风真的把这件事提上日程，从下午开始就坐在沙发上百度见长辈的各种注意事项。

赵暄和写完稿出来，踢踢他的脚："我饿了。"

"点外卖。"沈长风推了推眼镜，继续去忙手里的攻略。

"这事还在下周，你先去给我做饭去。"赵暄和叹了口气，"沈长风你懈怠了，在没追到我之前你都是好菜好饭地伺候着的，你现在却让我点外卖。"

沈长风气定神闲地取下鼻梁上的眼镜，站起身似笑非笑地看着她："吃什么？"

"看着煮吧。"赵暄和在他的位置上坐下，随手翻了翻他记得满满的注意事项，其中不乏屡试不爽的资深套路。

赵暄和看得津津有味，脱了鞋子双腿盘坐在沙发上，偶尔指着其中一条冲厨房里忙碌的人嘲笑："哎，沈长风，你这条不行的，对我爸没用。"

"那什么有用？"他于百忙之中探出脑袋，朝客厅里坐等吃饭的天下第一大闲人认真地取经。

赵暄和想了想说："喝酒吧！我爸只服喝得过他的人，不过你酒量怎么样，也没见你喝过。"

沈长风正挽起袖口低头切土豆，无声地笑了，道："我酒量还可以。"

赵暄和点点头，嘱咐："喝不过也别死撑，那老头子无赖得很，喝过他也不一定有什么好的，他指不定还觉得你甩他脸色。"

沈长风将土豆下锅，炸开一串油花，噼里啪啦的声音显得特别热闹，他含笑应下。

消食片是有用的，因为赵暄和又吃撑了，第二天泡着杯菊花茶去社里上班还被徐时狠狠嘲笑。

213

"不容易呀，我们的赵老师竟然开始养生啦，果然家里有个医生就是不一样。"

赵暄和知道这女人在讽刺她，不过家里有个医生这句听得她心里十分舒坦，就懒得计较了。

"是啊，医生就是好，小到每一餐的饮食，大到感冒发烧都能处理，我觉得我很有希望活到一百岁。"她半点不低调地配合徐时抬杠。

"呵，活到一百岁，跟沈长风两个化成蝴蝶缠缠绵绵到天涯吗？你够了，我以前怎么就没发现你这人身上的油腻刮下来可以再造一个油田呢？"

赵暄和美滋滋地抿了口菊花茶，但笑不语。

徐时一身恶寒，抖了抖身子赶紧拿了文件就出去了。

下午的时候总编开了个会，针对《你眼里万丈光芒》的宣传事宜。上次的签售会被搞砸，龙吟社的意思是过段时间再补办一次，不过借由网上的热度，这次签售会的规模只会更大。

这样的规模赵暄和以前只见过一次，是位牛哄哄的大大，网络百万女粉那种，最后不知怎么混进娱乐圈去了。

一失去强有力的对比，她的规模恐怕得载入业界史册。

徐时说给她庆祝，当晚在楼下餐厅订了一桌，可没想到在餐厅门口遇见个熟人。

赵暄和没料到这地也能遇见根正苗红的小许先生，一时没敢认，还是对方热情洋溢地过来主动打招呼。

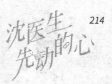

"赵小姐，还真是你呀！"许绍波手上拎着公文包，穿着一身西装，比起上次相亲正式体面多了。

"哦，我来这边出差，跟同事走散了，正准备找个地方随意填下肚子，晚上去酒店跟他们会合。"

赵暄和啥也没问，对方倒是倒豆子一样往外直蹦话，旁边徐时没忍住笑出声。

许绍波不好意思地挠了挠头，腼腆道："这位是？"

"啊，这是徐时，我闺蜜。这是许绍波，我之前的相亲对象。"她赶紧介绍。

徐时大大方方地伸出手："许先生好。"

"你好！你好！"许绍波根本不敢抬眼看她，抬手虚虚握了一下赶紧松开。

徐时美艳，杀伤力极强，特别是对许绍波这种老实单纯的直男。赵暄和赶紧出面化解尴尬："正好我们在这儿订了一桌菜，要不许先生今晚跟我们凑合一下吧。现在这个点，很多餐厅没位置了，你应该挺难约到桌位。"

许绍波听了将头摇成拨浪鼓，连连拒绝："不行、不行！这怎么行，我还是回酒店吃吧，也来得及。"

赵暄和还欲再说，旁边徐时猝不及防发话了："一起吧，都是朋友，没那么多规矩。"

许绍波不像刚刚那样强烈抗拒，只是脸刹那间又红了一个度，几秒

215

后终于下定决心般狠狠点了两下头："那就打扰了！"

　　因为许绍波的突然加入，这场庆功宴就成了再平常不过的朋友间聚餐，不过徐时倒是跟他相谈甚欢。

　　晚饭氛围轻松又愉快，赵暄和全程边听边吃，顺便看看小许如何被徐时时不时逗成个大红脸。

　　结果快到饭局结束时，赵暄和接到了沈长风的电话。她正夹着根许绍波递来的红烧蟹脚往嘴里送，她跟徐时一人一根，看到来电显示后差点惊吓得连蟹脚带筷子丢出去。

　　明明知道男人不会出现在这儿，她还是不可避免紧张地四处扫了圈，然后捏着手机小心翼翼地跟徐时说："你们先吃，我去接个电话。"

　　徐时觑了她一眼："查岗？"

　　"是啊，查岗。"自从她说了下周带沈长风回去见见老赵他们，最近他就跟装了雷达一样敏锐。

　　徐时翻了个白眼。

　　赵暄和握着手机找了个没人的走廊，接听电话："喂？"

　　沈长风没啥情绪的声音从那头冒出来："你在哪儿？"

　　赵暄和目光落在大厅里根正苗红的小许身上，心里倒抽一口凉气，秒答："在上班，等会儿就下班了。"

　　沈长风沉默了一瞬，随后说："我去接你。"

　　"不用，不用，"赵暄和拒绝得很快，有些心虚。

　　她在心里一声长叹，忽然就明白了电视剧里那些背着对象出轨的男

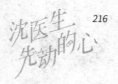

216

女，究竟经历了怎样的一番心理路程。

沈长风沉默，呼吸声循着手机捎过来。她开始捏着衣角胡乱卷动，眼珠子四处乱瞥。

过了许久，他才轻飘飘地反问了句："真不用？"嗓音平静，似乎心情还不错。可这样的状态显然让赵暄和更加心慌，现在她有一种一举一动都落入远在医院的他的眼中的错觉。

"真不用，你好好上班……"说了一半，她突然试探，"你是不是下班啦？"

沈长风"嗯"了声，没等赵暄和松一口气就继续道："顺便过来给你送件衣服。怎么样，菜好吃吗？"

赵暄和："……"

她瞬间就明白过来为什么有种说法叫女人的第六感特别灵了。

此时此刻，她认认真真地将大厅又扫了一遍，果然，看到了长腿交叠坐在沙发上的沈长风，他手上拎了张报纸，朝她微微一笑。

四目相对。

电话里，沈长风说："过来。"

这两个不咸不淡的字，赵暄和却听得腿软了。可沈长风显然很有耐心，电话也不挂，就那么靠坐在沙发上远远朝她看。

犹豫再三，赵暄和还是硬着头皮过去了。

今天的饭局本来就是临时起意，所以出门前她只随意穿了件黑色过膝裙，晚上稍微凉些，徐时又让她添了件针织小披风，算非常常见的日

217

常穿搭。

沈长风坐着不动，目不转睛地瞧着她裸露在外的那一大截脚踝，白皙，纤细。

到了面前，赵暄和二话不说先甜甜地笑开，半撒娇地说："沈长风，你也在这里呀！"

沈长风心里的气忽然就没了。

他拍拍沙发："坐。"

这是要开始算账了吗？赵暄和立马耷拉下脑袋，坐下。

沈长风先把大衣外套递给她："什么时候吃完？"

赵暄和眨眨眼。

"怎么，很意外？"沈长风笑了下。

"是啊，你怎么不问我怎么跟许绍波一起吃饭？"她本以为沈长风肯定要揪着她老账新账一起算，可沈长风只风轻云淡地说了句晚上回去多加点衣服，没了。

赵暄和有点不习惯了，她侧头看他，杏眼亮晶晶的，像两盏小灯笼，看得人心里发痒。

沈长风抬手将她垂下的发丝重新别进耳后，声音静得如同风平浪静的湖泊："赵暄和，你要清楚一点，我从来不会限制你，只要是你喜欢的，想做的，都不必经过我的同意。但只有一点，如果哪一天不喜欢我了，务必要告诉我，我会……"

"不会的！"她急切地打断男人，这种假设光听一个字就觉得浑身

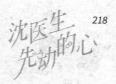

的血瞬间冷却下来，兜头一盆冷水泼下来。

她无比确定道："我肯定会一直一直喜欢你，不会有这一天。"

沈长风十分亲切地看着她，缓声问："是吗？"

"是！"

"行，走吧。"下一秒，他迅速站起身。

赵暄和："？"

"跟你那相亲对象说，你不吃了。牛排你男朋友也会煎，你要回去吃。"他一把将人从沙发上拎起来，往大厅里推，"赶紧的。"

赵暄和："？"

这剧情反转太快，她站在原地花了一分多钟才反应过来自己被沈长风摆了一道，不知道什么时候，这男人也学会卖惨了。

沈长风又坐回沙发上，跷起二郎腿往后一靠，重新捡起报纸，装模作样道："还不去？你不是说天底下最喜欢我一个吗？"

赵暄和："我没说过这话。"

"差不多的意思。"

赵暄和又气又想笑，为着沈长风难得的幼稚，整个人好像瞬间鲜活了起来。

她过去跟徐时、许绍波两人说了一下，两人正聊得高兴，没怎么询问就放人了。

赵暄和套上外套出门，抬眼就看见沈长风的黑色宾利停在对面路口，看来真的是来接她的。

219

男人倚靠着车门站着,听见声音后直起身给她开车门,她弯身坐进去。

"怎么不在里面等我了?费心费力地要拎我出来,刚刚就让我一个人过去告别,要是根正苗红的小许对我十分有好感,拼命留我怎么办?"她故意一脸挑衅地取笑他。

沈长风意味深长地瞄了她一眼,突然道:"今天没戴眼镜?"

赵暄和视力不好,有轻微近视,平时出门戴个美瞳,今天出门什么也没戴,除了看太远的东西微微模糊后,倒没什么。

"美瞳掉了,刚配了一副还没到,怎么了?"她不明白沈长风为什么突然这么问。

沈长风只看着前面,但笑不语。

赵暄和独自消化了会儿,忽而从座位上蹦起来,指着他笑骂:"沈长风,你竟然拐弯抹角地说我眼瞎!谁教你的这些?"

车窗开着,风往里灌。

男人的笑低沉悦耳,摄人心魄。他漫不经心地说:"我比他好看,也比他有钱,最重要的是,你不是最喜欢我的吗?"

赵暄和听得面红耳赤,于是别开眼不再搭理他。

"不过,许绍波对你应该也不感兴趣。"

"你这是得了便宜还卖乖。"她冷笑。

"我看见了,他的视线全程都落在徐时身上。一个男人对谁感兴趣,即使嘴里不说,他的眼睛也会泄露。"

仿佛印证这句话一般,赵暄和的手机连续响起三声"叮咚",徐时

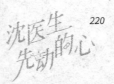

的微信进来了。

对方的心情是真的不错，字里行间都透着喜庆。

徐时："你哪里找的这个宝藏，也太纯了吧！"

徐时："太纯了，记得上次还是老娘高中时期……"

徐时："我觉得我能跟他聊一晚……"

赵暄和眉心跳了跳，低头快速打字："吃完饭赶紧回去，聊什么？"

还没发送，徐时的微信又进来了。

徐时："放心，不脱衣服，纯聊天。"

赵暄和："……"

身旁沈长风看着她，眼里是洞悉一切的笑。

赵暄和关上手机，神情迷茫地抬眼："沈长风，我发现你是个神算子。"

"神算子算不上，只能说男人最了解男人。"话音一顿，他趁热打铁道，"那个沈之路，以后别跟他走太近。"

倒不是担心沈之路撬他墙脚，只是因为狩猎者的本能，他们很容易在人群里识别出彼此的气息。那个眉眼温和、说话慢条斯理的男人，绝对不是表面看起来那么简单。

"毕竟当过我师父，彻底断了关系也不现实，不过我会尽量避开他。"

突然，好好坐着的人猛地凑上去，惊得他握着方向盘的手滑了一下，赶紧握住。

赵暄和撑着座椅，一双灵动的杏目在夜色阑珊里显得尤为绚烂迷人，她眯着眼贼兮兮地笑，像只狡黠的狐狸，正直勾勾地锁住他。

221

沈长风忽然觉得喉头有些紧绷，他赶紧别开视线去看路，顺便不忘教育她："突然凑过来做什么，我在开车。"

"沈长风啊，你这么聪明什么都能看得出猜得到的，以后不会用它来对付我吧？你要是存心说个谎什么的，我肯定是必栽无疑。"

可能是氛围实在太好，赵暄和没忍住逗弄他一番，她想听听对于这个问题，他会怎么回答。

只见男人一顿，敛下眼帘，很认真地想了一下："不会。"

"哦，有什么保证呢？"

"既然决定在一起，就不存在谎言，无论是谈恋爱还是结婚。如果还是不放心，将来我所有的财产都可以挂在你的名下，房子、车子都是你的。"

沈长风表情认真又笃定，而能给的承诺沉甸甸地压上赵暄和的心房，倒让她随口一说的话全随着晚风偃旗息鼓了。

她本意不是这样，顶多是想借由刚刚的话题把漫画的事套出来，没想到听见沈长风竟然毫无顾忌给她描绘了未来的版图。说实话，这样的条件开出来，任何理性的女人都不会拒绝，沈长风这是明目张胆地勾引。

而她甘愿上钩。

不是为了那些百年之后带不进土里的东西，只是因为身边坐着的，让她怦然心动的唯一一人。

她坐回去，手搁在车窗撑住下巴，轻声说："沈长风，要不我们结婚吧？"

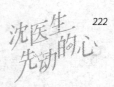

她头上挨了一下。他把手收回去重新握住方向盘，嗤笑："女人求婚，我倒是第一次见。赵暄和，你非得惹我不愉快才罢休吗？"

　　而赵暄和也终于意识到刚刚自己鬼迷心窍说了什么，耳尖都红了。她窝回靠椅，含混不清地解释："我就那么一说……我也不是很急，哈哈哈，哎，你看今晚月亮还挺亮的，哈哈哈，风景也不错……"说完，她自己都觉得空气一阵窒息，随后拿眼偷偷瞧身旁开车的男人。

　　沈长风一定觉得她神经兮兮的，这才谈了几天恋爱啊就张口说结婚的事，真是太不矜持，太不端庄了！

　　而她这种明戳戳毫不掩饰的喜欢，以后肯定要成为他拿捏自己的工具！

　　赵暄和恨不得跳车。

　　车一路开到小区停车场，等停下后她抬手去拉车门，发现连扯了两下都没扯动。

　　"沈长风你——"她转身。

　　下一秒，呼吸一滞，她被拉着撞入一个坚硬的胸膛。用力跳动的心脏声就在耳边，一下又一下敲击，震得浑身血液翻滚起来。

　　沈长风手指插在她发间，保持着拥她入怀的动作没动，他冰凉的指尖抚过她的发丝，最后落在她头顶，轻缓地揉了几下，最后落下一吻。

　　沈长风黑眸黝深，声音轻而低沉，却温柔至极："以后这种事，让我来。"

　　无论跑多远、多久，有心的人最终也能走到一起，而你只需在原地等待就好了，由我向你走来。

第十二章

沈长风的过去

Shen Yisheng

Xian Dongdexin

最近气氛特别好，从值班医生到护士都一致觉得沈医生好事将近了。

　　周涵查完房回来，办公室里沈长风正给刚来的实习生讲注意事项。女研究生唐一语毕业不久，最近才分配来骨科轮转，性子是好的，就是有点笨，难点通。

　　其实大家最不愿意收这种新人，一是难带，二是很容易给自己惹出事端，属于吃力不讨好的差事。

　　同科室几个人推来推去，横竖也得有人来带呀，沈长风见人家姑娘站在那儿看着他们一脸尴尬，于是站起身，不咸不淡地提了句："能吃苦的话，就跟着我。"

　　终于来了个解围的人，大家都松了一口气，小姑娘更是感激涕零，跟在沈长风身后出去了，恨不得立马投入工作，给自己师父争光。

　　沈长风看见周涵进来，从文件上分开一点儿注意力，问："24号床位今早情况怎么样？"

　　"恢复得还不错，就是家属实在招人烦，一家子就像有被迫害妄想症一样，我们可不图他的钱。"

　　周涵一屁股坐下端着杯子使劲灌水，早上一通查房下来，他口水都快耗干了。杯子搁到唇边，他忽然想起旁边还站着个不经事的年轻人，赶紧改口："哈哈哈，随口一吐槽，别当真哪，我们医生就是要全心全意为病人服务，再苦再累也值得！"

唐一语眼里一片热忱的钦佩，接过文件，热血沸腾地挥手告别："师父！周医生！我先出去啦！"

周涵看人走远才起身去关了门回来，嘴里嘀嘀咕咕："真不知道你收这种小祖宗做什么，刚从学校出来对这个残酷的社会一无所知，我们还得时不时照顾着她对医生这个行业的理想不倒塌，太难了……"

沈长风瞥了他一眼，冷静地给出评判："你当初刚来骨科轮转时，刘老好像也说过这么一番话。"

"啧，这就没意思了吧。这世上可不是谁都能像沈医生一样天纵奇才的，就不能让我倚老卖老笑笑这些小年轻？"

沈长风但笑不语。

"不过，我听刘老说你愿意加入他的项目啦？"周涵凑过去一脸兴味，"他可整整磨了你两三年，没想到真能等到你松口这一天，刘世仁肯定高兴死了。"

"也不算加入，就进去观摩几天，毕竟脑血管这块不是我擅长的领域。"

周涵又感叹了一阵子。自从跟沈长风混熟以后，他是更加清晰地意识到这个男人与他们之间无法跨越的鸿沟。男人不骄不躁，是真正搞学术的那种沉静，而且人品更没话说。

周涵连连感叹，刘世仁不知道是开了多少挂，才能给医院挖回来这

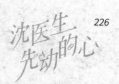

226

么一个人才，让他心甘情愿待在 A 市这个小地方。

唐一语夹着文件从办公室出来直接去了护士站，她最近的工作主要就是跟护士对接，了解日常流程之类。

快到午饭时间，医院走廊里来来往往的人又多了起来，最近病房紧张，医院只能在走廊补床位，把整条道撑得满满当当。前面有人推着轮椅经过，她赶紧侧身躲开。

"小唐刚从沈医生那儿出来呀？"说话的是护士站总护孙姐。

孙姐站在台后记病历，见唐一语过来抬眼朝她笑了笑。

唐一语赶紧打招呼："孙姐好！对，刚从师父那儿过来，你这儿要不要帮忙？"

孙丽挺喜欢这一批来的实习生，虽然做事不上手，但为人灵活也肯学，比那些在科室好几年就爱浑水摸鱼的老油条顺眼多了。

她有意无意地提点道："沈医生虽然严格，但对手下人都挺好，幸亏分到他手下，要不然一个月轮转下来，估计你要换行业了！"

唐一语笑吟吟地点头："沈医生是个好老师，我会跟着好好学的！"

呼铃响了，有人叫孙姐过去拔针。

"那我先过去了，你去大厅找找小陈，她那边好像有活儿。"

"谢谢孙姐！"

唐一语斗志满满地往大厅去，可才到电梯门口就被人喊住。

对方是个中年男人，胡子拉碴，衣服灰蒙蒙地套在身上，凑过来的时候，唐一语好像闻到了点厨房才有的油烟味。

男人看出她脸上的僵硬，识相地往后退了一步，捏着衣角轻声问："小姑娘，你们沈医生呢？"

唐一语花了好大力气才听懂一口方言："你找哪个沈医生？哪个科室的？"

男人咧嘴憨厚地笑了下，露出眼尾几条深深的纹路："骨科的，一个年轻医生，我在下头看到他照片啦，听人说他的办公室在你们这层。"

"那就是沈长风沈医生了，你找他看病？挂号了吗？没挂号先去楼下挂号。"

男人摸着脑袋，局促不安起来："他认识我，我儿子之前就是他给做手术的，我来跟他说句话就走。小姑娘能不能带我去见见他……"

面前的人穿着破旧，手心手背遍布发黄的死皮，很明显能看出来生活并不宽裕。

唐一语觉得这人挺可怜，没细想就满口答应下来。这应该是承了沈长风恩情的无数病患中的某一个，毕竟办公室小隔间里满满的锦旗不是白挂的，她师父口碑一向很好。

她把人往办公室领，边走边聊："你来得正是时候，再过半个小时沈医生就要坐诊了，到时候没空见你。大叔你怎么称呼哇？"

男人跟在身后埋头走着，像被突然惊到般抬头，眼睛闪过一点迷茫，随后操着并不流利的普通话说："王大发。"

"行。王大叔，快到了，就在前面。"

医生办公室在走廊最里侧，这里没有拥堵的加床，显得宽敞许多，

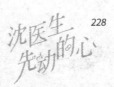

也安静不少。唐一语带着人往骨科二室去，正好这时，二室的门打开，先后走出来两个人。

周涵跟沈长风边说着话边出来，周涵先看到了唐一语，笑着打招呼："怎么又是你这个小丫头，满医院跑来跑去，是嫌你们沈医生布置的作业少，还是……"目光一扫，剩下的话在触到她身后的人时猛然刹住。

周涵扭头去看旁边，显然，沈长风也发现了。

唐一语注意到周涵刚刚还在笑的脸不知怎么就沉了下来，而一旁笔挺站着的沈长风看着她的脸色更是严肃得要命，周涵立马拉着沈长风远离了几步。

唐一语惶恐道："师父，你别听周医生瞎说，我没有……啊！"

银光闪过，她被一股大力牵着向后仰倒，踉跄间，撞了一鼻子的油烟味。同时，一个凉飕飕的东西迅速抵上她的脖子，惊得她血液直冲着脑门而去。

唐一语看清了，抵着她的是把黑褐色的水果刀，上面还沾了星星点点的污垢，又脏又油腻。一瞬间，袭来的却不是恐惧，而是彻头彻尾的迷茫。

沈长风瞳孔骤缩，抬脚就要过来："王大发，你别乱来！"

"你别过来！"男人握着水果刀的手收紧，刀尖又往皮肤里陷了几寸，吓得唐一语哇哇大叫。

周涵赶紧拉住沈长风。

沈长风眼眸里卷起一层风暴，幽深得令人心惊肉跳。他沉声谈判："换人。你找的是我，跟她没有关系，我来换她。"

229

唐一语僵硬的脑袋总算恢复运转，立马吓得号啕大哭，边哭边冲着沈长风方向嚷开："师父你快跑！你别管我！周医生你赶紧带着我师父跑哇！"

周涵也吓蒙了，他实在没料到王大发这次竟然还带了刀来，上次在手术室门口他揪着沈长风衣领抢了两拳后就被医院保安架了出去。事发之后的确也闹了一个多星期，天天堵在医院门口动不动抓着过来看病的人讲他儿子惨死的事，后来院长出面，最后赔了钱。

可是，手术失败不是沈长风的责任哪，他儿子就算再早送来医院一个小时也救不活的，失血太多了。王大发死活不信，始终活在他儿子是被医院给弄死的妄想症里。

唐一语一直挣扎，王大发不堪其扰，边往后退边拿着刀抵住她警告："你给我……给我安静点！再动就给你脖子上来一下！"

"哇哇哇！你别动，流血了！"

唐一语哭得实在太大声，整层楼的人都被惊动了，迅速聚过来一圈人，还有人拿起手机在拍。

沈长风视线始终没离开过王大发，他试着往前走了两步，说："你别动她。你儿子的事跟她没关系，手术是我做的，我是主刀医生。"

"我当然知道是你！就是有你们这种黑心医生在，不给钱就不好好做手术，最后让我儿子惨死！我要你给他偿命！"

"偿命是吗？好，我过去，你把人放了。"

周涵赶紧拉住一头热就要把自己送上刀尖的人，小声制止："你别

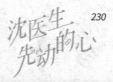

跟他瞎来，已经有人报警了，拖延一会儿时间就好，等会儿警察来了他跑不掉。"

沈长风却摇了摇头，看向哭得鼻涕眼泪全糊脸上的唐一语，说："如果他今天没想着要全身而退呢？"

如果没想着全身而退，那势必做好玉石俱焚的准备，到时候不是沈长风就是唐一语，两人中必定有一个死伤在刀口下。

王大发虽然是个粗人，却知道在众目睽睽之下给沈长风施压，如果他今天无所作为，那么沈长风无人性无道德操守的名头算彻底难坐实了。

周涵在身侧捏紧拳头，却被沈长风轻轻按下："没事，等会儿我把唐一语换下来，你注意照顾点她的情绪。"

周涵紧咬牙关，使劲点头："你小心点。"

"快过来！你过来换她！"王大发背抵着走廊墙面，整个人都是紧绷的，发狠地朝四周看，最后目光落在慢慢朝这边走的沈长风身上。

"赶紧的！走快点！"他厉声呵斥。

唐一语看着过来换自己的男人，急得眼泪止不住地往外蹦。她真的太蠢了！闹了那么久的事她怎么就一点儿也没留意呢！是她把人带过来的！是她害了师父！

在离两人不远不近的地方，沈长风停住。

"我该怎么确定你会放人？"

不绝于耳的议论声中，有对沈长风指指点点的，有不明情况的询问是怎么回事的。

周涵冷着脸失控地朝噪音的来源处大声呵斥："你们别吵了！看热闹的一律给老子滚，但凡有点良知也知道这个时候不该煽风点火！"

"啧啧啧，你们看现在的医生就是这副德行，也是会骂人的哦。"

"把人家孩子治死了肯定要负大责的啊，这可是人命。"

"是啊，我老婆就在这个科室，平常看这个沈医生也是人模狗样的，没想到……"

没言尽的一切，在随后而来的摇头轻叹里不言而喻。

沈长风一动不动，脊背挺直，好像根本没听见周围并不遮掩的议论声。他无比冷静又坚定道："十四号晚八点，盘龙高架桥上发生追尾事故，王先生送入医院救治，周身粉碎性骨折，肝脏破碎，八点三十五分手术开始，生命体征微弱……"

除却周涵，他背后空无一人，人群的站位某种意义上也表明了立场，面对十几张陌生的脸庞，或讥诮或忧虑或茫然，可随着沈长风沉哑的嗓音缓缓叙述出当晚的情况时，周遭无一例外全都安静下来。

"八点五十五分，我们进行了第一轮输血，心率有所回升。九点四十五分，在进行肝脏缝合的过程中伤患再次大出血，血止住。九点五十分，开始第二轮输血，输入 1000CC 的血量，患者陷入深度昏迷，生命体征急速下降。

"十点整，血库血量告急，从邻市医院紧急调来 3000CC，输血一直进行。十点半，伤患生命体征完全消失，多次电击无用，心跳停止。"

人群死一般沉寂，光从这简单不过的叙述，大家仿佛能穿透此刻看

沈医生
先动的心

到那晚是如何的惨烈与心惊，在长达两三个小时的拉锯中，依旧没把人从死神手里带出来。

王大发牙关紧咬，身子抖得如同风里瑟缩的落叶。接着，他握紧刀子往唐一语脖子上又压了压，冲着沈长风暴怒道："你过来！你不过来我就杀了她！"

显然，他并不曾听进去沈长风刚刚那通话，依旧固执地要为自己儿子主持公道。

"王大发你不要太过分！给你说得还不够清楚是吗？人我们努力去救了，但医生不是神！血差不多流光了，你让我们怎么救？"周涵喘着粗气，如果不是顾及唐一语的安危，他恐怕下一秒就能撸起袖子冲上去跟对方拼命。

"她是女性，跟你力气有悬殊，我不能确定你是否会临时变卦从而伤害到人质。"沈长风说。

"那你想怎么样？"王大发濒临失控，浑浊的眼睛狠命瞪着说话的沈长风。

"在你能挟持我的范围内，先放了她。"

"行！你过来！"王大发红着眼怒吼。

沈长风抬脚过去，从容不迫的步伐仿佛并不是走向刀尖。

他走到离王大发三步远的地方停住："放了她，我过去。"

几乎在一瞬间，唐一语被甩出去。

唐一语想也不想，抬手就去拉沈长风的衣袖："不行的，师父！他

233

会杀了你！他已经疯了！"不能，绝对不能让师父送死！

尖锐的女声惊动了浑身戒备的男人，王大发脆弱的神经就这么随着唐一语的喊叫而断裂，他提起刀尖狠狠扎下……

临黄昏时分下了场暴雨，很久没下雨的 A 市久旱逢甘露。

但赵暄和并不觉得凉爽，反而在这闷重又燥热的天气里气短胸闷，右眼皮也跳个不停。

她换了一身便衣出门，临走前给徐时打了个电话。

徐时说："你真要去逮时年？我也是听漫画社朋友说最近时年在社里，不过保不准是不是真事，按理说这个风口浪尖他该找个坑把自己埋了不露面才对。"

"那能怎么办呢？沈长风嘴紧得跟撬不开的河蚌一样，每次问都神神道道地说等见了我爸妈再告诉我，敢情我不带他去这事能成永久的秘密？也太小看我赵暄和了吧！"

车子停在小区外头，车窗被雨混着泥水淋了个遍，赵暄和从后备厢找了块抹布边接电话边擦。

"总之，我好奇心抑制不住了，我要亲自去问，我才不信什么漫画社临时找他这种说辞。沈长风不缺钱，也没这闲情，天天回来累得恨不得就地躺倒，还能有精力干副业？"她把抹布丢到车后座，关门上车。

徐时连连啧声："你发现没有，自从你跟沈长风谈恋爱后你嘴里没有哪句离开过沈长风三个字，沈长风长沈长风短，特像老夫老妻过日

沈医生
先动的心

子……"

"别羡慕，你也可以。"

"跟谁？"徐时诧异，"跟我的工作？我是工作至上者，这辈子不打算结婚。"

"包括许绍波在内？"

徐时愣了一下："突然提他做什么？"

赵暄和笑了："你不是跟人家相谈甚欢吗？连沈之路那种黄金单身汉都享受不了你的另眼相看，许绍波可是个例外。"

"他不一样，他太纯了，不适合我。"徐时撇撇嘴，"我爱玩，他又以成家为目标，我俩绝无可能。"

"可是时时啊，爱情本来就是捆绑。"赵暄和轻叹。

挂了电话，一路畅通无阻开到漫画社门口，赵暄和停了车拎着包推门进去。

前台小姐见是她立刻笑吟吟地打招呼："赵小姐又来找我们陈主编？"

"不是，我找时年时老师。"

前台小姐的笑顿住，表情为难："那赵小姐有约吗？时老师今天下午有事，估计这会儿还在办公。"

"办公？"赵暄和眯眼笑了笑，"原来吊着石膏的手也是能办公的呢，时老师可真厉害。"

一番话说得前台小姐面红耳赤，正想着这赵老师怎么今天一反常态

235

怼起人来啦，后头一道男生适时响起。

"劳烦阁下关心，我最近几个星期确实都拿不起笔，不过耳朵还是好的，八卦什么的也能听得进去。"

背后，一位年轻男人靠门边站着，右手还打着石膏，正笑容可掬地朝这边看来。

被正主听见，赵暄和多少有点尴尬，勉强咧了咧嘴。

"小刘，我还说最近怎么没漂亮姑娘找我，原来都被你给拦下来了，下次可别了。"时年走到柜台上丢下两颗巧克力，桃花眼一眨，"我跟赵老师进去谈点事，巧克力记得吃。"

前台小姐红着脸娇嗔："时老师老爱逗弄人！"

"哈哈哈哈，没有，我可是天底下最诚恳的人！"

这个男人，明明看着比她还小几岁，她却觉得他看过来的视线像早把她探究得一清二楚，以至于里头藏了讲不清道不明的兴味。

"不知道赵老师今天来找我有什么事，如果是明天可能就见不着了。"时年挑眉。

"没事。"赵暄和发现对面坐着的人始终看着她笑，她渐渐蹙起眉头。

"明天我要出国一趟，那个漫画的业务反正也移交了，三个月内不会回来，所以说赵老师如果不是今天过来，该问的话恐怕要等三个月之后了。"

"你知道我有事问你？"赵暄和十分讶异。

"不仅如此，我还知道你为谁而来。"

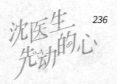

时年往后一靠，即使打着一大块白花花的石膏，他还是颇惬意地晃了晃腿。

　　"我见过你赵暄和，"他说，"在很早之前。"

　　窗外车水马龙，又到了下班的时间。

　　时年给赵暄和倒了一杯热茶，水汽袅袅，把她整张脸氤氲得湿润。

　　"我跟沈哥认识比你早很多，我们是一个院长大的，后来又在一家画室学画。"

　　"沈哥"，她许久没听过这个称呼，竟然愣了几秒才想起来这是谁。

　　"沈哥天赋极高，画什么像什么，师父说他将来必定是要进美院深造的，所以你听到他拿手术刀这事时也挺惊讶吧？"时年牵着的嘴角缓缓放下，最后彻底面无表情，"我也是上个月刚见到他，我以为他还在国外……"

　　短暂的沉默，就在赵暄和想继续开口追问，时年又兀自扬起笑脸道："后面就是你想问的喽，我手摔了去医院打石膏遇到沈哥，无意提了一嘴漫画的事。你说巧不巧，我本来画的时候无意以沈哥为原型，可没想到漫画主人公的原型就是他，你根本想不到沈哥当时那副模样，哈哈哈，老男人快被我吓死了！"

　　"他当时就看了？"赵暄和无比心悸。

　　"对呀，我请他帮忙代笔。我俩从小一个画室，我的风格也是模仿的他，沈哥最合适不过。"

"你以沈长风的样子来画男主角的形象无可厚非，但你是如何知道我的，并以我的形象作为女主角？"她迫不及待地追问。

　　"这问题就又要回到我刚刚说的内容了。"时年露出一口白牙，"赵暄和，早在七年前我就知道你了，因为沈哥的画板上一直夹着一幅画，上头就是你。你知不知道，这个男人七年前就喜欢你了啊，赵暄和！"

　　整个漫画社空荡荡的，人都走光了，窗外树枝被风吹着在玻璃上来回晃动，她觉得自己呼吸都停住了，所有不明白的一切此刻似乎都有了答案。

　　沈长风喜欢赵暄和，所以在时年无意调出那套漫画给沈长风看的时候，沈长风整个人震惊到极点。

　　时年跟沈长风说看他当年画板上的那个姑娘好看，很符合小说风格，所以直接打包两人的形象做了男女主人公，问沈长风会不会想揍他时，却见男人不轻易弯曲的腰板轰然塌下，茫然又无措地瞧着他。

　　那一刻时年就知道，沈长风一直没忘，那个活在画纸上的明眸善睐的小姑娘其实早在他心里扎了根，无论七年抑或更久，在听到她的名字的一瞬，他还是会不由自主地心悸。

　　等沈长风反应过来给时年继续缠绕纱布时，又几不可闻地说了一句：

　　"这本书就是她写的。"

　　"所以，说到底我应该是你俩的月老。"时年看着赵暄和百无聊赖地笑，"世间之大，我怎么偏偏用了你俩为原型呢，现在想想真的有点

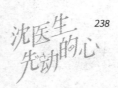

鬼迷心窍。"

赵暄和紧紧握着杯子，捏得指关节发白。

"沈哥后来真没拿过画笔了？"时年视线从她手上滑过，问。

赵暄和摇了摇头。

"可惜了。我在画室最后一次看到他是高考完的那个暑假，他来拿了画板就走，其实我觉得他只是特地来拿那幅画的，浑身邋遢，胡楂都出来了，喊他也像没听见似的，后来我才知道他爸死了，就在高考之前……"

听到这里，赵暄和的心像被谁猛地刺了一下，疼得她四肢发软，血液极速翻涌。

"不过好歹你俩最后在一起了，其实沈哥他……特别不容易……"

剩下的话他没说。不管是沈长风来自一个破碎的单亲家庭，还是后来高考后双亲皆无，学生时代的种种，他都没说。

那个被沈长风用孤注一掷的偏爱与小心翼翼护住的女人，是他的第二次生命。

"改天请你吃饭。"赵暄和说。

时年把人送到门口，抬手挥了挥："留到三个月后吧，估计回来就是喝你俩的喜酒了。"

赵暄和耳尖发红，抬眼笑道："你好像什么都知道。"

"那可不。前几天去医院复诊，我瞧沈哥那副神态就是典型的好事将近，到时候我肯定要……"

正说着，赵暄和手机却响了，她抱歉一笑："稍等，我接个电话。"

"没事。"

时年靠在门边看她。

赵暄和站在台阶下接电话，眼帘虚垂，眉眼漂亮精致。

时年恍惚地想，当初鬼迷心窍把沈长风跟她用做男女主人公时，大概想的就是此刻这种故事与现实撞在一起的微妙共鸣，从里头人物的举手投足开始，就有了沈长风与赵暄和的影子。

"你说什么！"

他思绪万千，却陡然被女人的厉声拉回现实。

赵暄和拿着手机一脸惊恐，声音也抖得不成样："你替我看住他，我马上去，马上就到……"

饶是尽力保持镇定，她去掏车钥匙的手依旧抖个不停，掏了半天也没掏出来，最后手忙脚乱得钥匙连包一起打掉滑到地上。

时年察觉不对赶忙过去替她捡起来，拦住她："出什么事了？"

顶着铺天盖地的恐惧，赵暄和找了许久才找到自己的声音，她哑着嗓音努力不让酸涩的眼眶落下一丁点东西，抬眼："沈长风出事了，在医院。"

时年抓起钥匙拉上人就走："我跟你一起去！"

一路上，赵暄和都在打电话，时年坐在旁边听，这个纤细柔弱看起来根本不能担事的女人从一开始的惶恐不安到后来维持住镇定，整个过程不过短短十分钟。她眼睫毛都是湿的，愣是没让一滴眼泪往下滚。

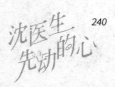

"人呢？人抓到了吗？"她轻声询问。

电话那头的人不知道说了什么，但时年能猜到。

医闹几乎每年都有，如果不是情况严重到伤及人命，最后铁定是医院退步，不了了之。

车窗外车辆川流不息，赵暄和坚定的声音一字一句地落入时年的耳膜。他侧头，看见女人眼角攒着的两点星光，在晦暗不明的空间里，犹如珍珠般熠熠生辉。

第十三章

赵暄和，带我回家吧

Shen Yisheng
Xian Dongdexin

赵暄和想了一路，有学生时代意气风发、不服管教的沈长风，也有重逢后习惯将所有情绪埋进心底一声不吭的沈长风。可无论怎样的沈长风，赵暄和认为都是一堵刀枪不入的城墙，他总是无所不能，永远不会受伤。

　　但在接到周涵电话的那一刻她猛然意识到，这世上哪里有什么刀枪不入的人。

　　车停在医院门口，赵暄和一下车就飞快地赶去手术室。

　　三楼走廊处哄闹的人群已经散开，只剩两个清洁工低头拿拖把拖着地上殷红的血迹。

　　血迹依旧鲜红，空气里带着淡淡的血腥味，赵暄和忍住反胃，加快步伐越过去。

　　周涵等在手术室门口急得团团转，旁边还有哭成泪人的唐一语吵得他脑子嗡嗡作响，可他又不能扭头朝她大吼一声别哭了，毕竟小姑娘也才受过惊吓。

　　兜里的手机一直响，警察给他打了三四个电话催着去做笔录，正一筹莫展之时，就听见一道熟悉的女声猛地从走廊尽头传来。

　　"别哭了。"

赵暄和从拐角走过来。

见是她，周涵赶紧迎上去。

唐一语捂住脸的手放下，一脸惶恐地看过去，张了张嘴。

赵暄和从她身旁掠过，看也没看一眼："进去多久了？"

周涵赶紧回："有一会儿了，你别太担心，长风反应得快，刀没戳中重要部位。"说着，他小心地觑了眼旁边戚戚然不敢说话的唐一语，"这位就是……"

"我叫唐一语，是，是沈老师带的……"

"我不想知道你是谁。"赵暄和毫不留情地打断，就跟一分钟前出现让她别哭一样冷冰冰，不留情面，"现在我的男朋友躺在里面，唐小姐，我实在没时间跟谁聊天或者做自我介绍，希望你可以理解，抱歉了。"

唐一语眼眶一红，眼见又要哭，被周涵眼疾手快地拉走了。

等把人送走再回来时，周涵看见赵暄和旁边多了一个人。这人他认识，之前经常来找沈长风吃饭的小师弟。

没了哭哭啼啼的唐一语，整条走廊里瞬间安静，安静到能听见远处安全楼道里各式各样的脚步声，时不时几个人走过去。

而刚刚还竖起尖刺训人的女人，绷得紧紧的肩膀缓缓塌下，最后化为一腔无助。

……

沈长风觉得自己做了个长长的梦。

他好像回到了高中时期。

空气燥热，时值盛夏，空气里是清爽的栀子花香。

沈长风曾一度认为这种花很普通，常见到根本不会有什么人去留意。

他犯了事，拿着检讨在朱霸的注视下晃悠悠地站上升旗台。

"大家好，我是沈长风。"

一句话才说完，下面已经沸腾到极点，他似乎很满意这样的效果，眯着眼，视线漫不经心地往下看。

因为正对阳光，台下密密麻麻的人头晃动，晃得人眼疼，而此时身后的朱霸大声道："好好念！你当真想被处分？"

"行、行、行，我好好念，老师你……"他笑着从男人身上收回视线，却在看到人群中某个人时，顿了一下，几秒后看着手上的检讨，"别这么暴躁哇……"

仿佛不知道自己还对着话筒，故作调笑的声音瞬间通过四个方向的喇叭朝整个操场扩大。

下头人声鼎沸，他在人群里找一道熟悉的身影。

果然，隔了一个班的距离，她乖巧地立在队伍中央，眼底眉梢全是明媚笑意，阳光下，震荡得他心跳如雷。

赵暄和嘴唇一掀，轻轻地吐了两个字："傻子。"

高台之上，他只觉得内心温暖。

赵暄和就像一道霸道的光，从无垠的宇宙而来，穿透他自认为固若金汤的堡垒。她太亮眼了，像个小太阳一般，用她特有的温暖吸引了他，让他时时刻刻、迫切地想靠近她。

可后来呢，沈长风拼命地去想，只觉得脑子混乱，他被强制地从过往记忆里赶出，又回到失去意识前的一阵骚动。

唐一语的突然发声成了压垮王大发的最后一根稻草，刀尖笔直地朝着她捅去，沈长风反应过来将人一把推远，王大发见状，方向一转，连人带刀朝他扑来。

短短几秒的时间，沈长风设想了无数结果。

他并不是个感性的人，却在那一刻生出二十多年来从未有过的恐惧。他恐惧，如果出事了呢，他的赵暄和该怎么办？这个人是他费尽心思好不容易追到手的，以后是共度一生的人。

这想法冒出的一瞬，他背后起了一层细密的冷汗。至此他才知道赵暄和于他到底有多么重要的意义，那是他人生中最重要的人哪。

他得活着。

他侧身一躲，虽然晚了点，却好歹避开了重要位置，他能清晰感受到刀尖刺进肉体的钝重，连带着翻起皮肉，痛得他弯了弯身体。

所有声音远去，视线模糊间，他看见周涵嘶吼着朝他扑过来，王大发被人架住，唐一语哭得快要晕过去。

意识游离之际，他看见了他最喜欢的姑娘。

徐时从昨天开始就忙得热火朝天，《你眼里万丈光芒》影视部传来好消息，剧组已经组建成功，问赵老师什么时候有空进组。还有漫画社

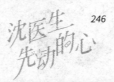

那边，沈长风上周就已经把全稿交完，现在连载进行得十分顺利。

抽出空隙，徐时给赵暄和打了个电话告知她这个激动人心的消息。

住院部里，赵暄和坐在病房里给沈长风看点滴。

沈长风面色苍白地躺在床上，昨晚从手术室出来后一直昏昏沉沉睡着没醒。阳光照进来，睡梦里的人不安地蹙了蹙眉，赵暄和赶紧起身把窗帘拉上，轻手轻脚地走出去接电话。

"给你发微信怎么不回？这几天对你多重要哇，好不容易有点知名度了还想回到之前一点儿名气没有的小透明？"事发突然，徐时并不知道沈长风出事的消息。

以往她调侃这么多，赵暄和肯定早忍不住还击了。可今天赵暄和始终沉默着一语不发，等到她意识到不妙时，听见那头护士连声在喊："有病人要经过，请让一让，快让一让。"

赵暄和侧身避开，让开空间，护士推车经过走廊。

徐时："你在医院？"

"嗯。"外头有不少噪声，她抬手替沈长风把病房门关上。

徐时心急如焚地追问："你身体出问题了？让你别熬夜！这回是什么？还是上次胃的毛病？"

"不是我。"赵暄和抬眼看了下大厅钟表，快到中午了。

想起沈长风醒来没东西吃，她抬脚往电梯门口走，准备去买点粥。

"沈长风出了点事，我在医院陪他。"

"出事？严重吗？"徐时惊得从座位上起身，引得隔壁桌宋之佳翻

247

了个白眼，徐时同样回了个白眼。最近两人因为竞选主编的位置斗得不可开交，已经到了随处可撕的状态。

徐时提出去医院看望的意思，赵暄和赶紧拒绝了，她也知道这个节骨眼公司根本走不开人。

"真不用，沈长风我照顾着就成。你不是说最近漫画风头正盛吗，这事就交给你了，那是沈长风的心血，我希望它可以好好完结。"

徐时沉声应下，侧头瞥了眼旁边一脸虚假笑容的宋之佳道："我知道了，这事你放心。等我手头上的事情结束，我去医院看你跟沈长风。"

"好。"

挂了电话，赵暄和顺便点开微博。

徐时确实说得不错，《你眼里万丈光芒》连上三四个热搜，反响不错，大家纷纷在下面倾诉着对学生时代美好情感的怀念与追忆。她藏了七年的欢喜与遗憾，如今已经众人皆知。

微信里还有两条未读信息，她逐一翻看，其中有一条是周涵发来的，昨天两人在医院交换了微信。

周涵跟她说王大发的事已经在处理，一个恶意伤害罪铁定跑不掉，至于后续的事等沈长风醒来看他的意思。

赵暄和回了个好，想了想又加了句谢谢。

周涵发了条语音过来，他嘿嘿直笑，叫她嫂子，说不用谢，沈长风在医院很照顾他，他跟沈长风是很好的朋友。

而另一条微信，竟然来自许久未见的高中班长陈浩。

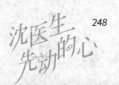

赵暄和看到这个名字时，先是愣了片刻，随后点开来看。

陈浩的大致意思是城南一中校庆到了，问她过不过去，还说大家伙都挺想念她的，到时候一起吃个饭。

赵暄和没立刻回复。

医院对面粥铺的老板站在袅袅蒸汽后大声喊她："小姑娘！就只要清粥吗？大中午吃这个不管饱哦，要不要再来个小菜？"

"不用了，谢谢老板。"她接过粥盒，"医生说刚做完手术，只能吃点清淡的。"

"唔，家里人住院？"老板听着赶紧又往塑料袋里塞了两个水煮蛋。

她刚想问多少钱，老板就说："不用给！不用给啦！我之前承了这医院天大的人情！要不是骨科室的沈医生给我做的手术，我这把老骨头的还能在这儿做生意？所以呀，做好事得传承下去，我来接一棒。再说，就两个鸡蛋，让你家里人补补身体，早点好起来。"

赵暄和听见骨科室三个字就愣住了，后面又听到沈医生三个字，据她所知，骨科姓沈的医生只有一个⋯⋯

"沈医生是个好医生啊！"老板边擦手边感叹，"就是不爱说话，住院那些天就他天天过来看我，一点儿架子也没有⋯⋯"

说着说着，老板抬头疑惑地瞧了她一眼："小姑娘你笑什么？"

赵暄和笑意不减，却缓缓摇了摇头，再抬眼，满眸的愉悦仿若要溢出来。

"没什么，谢谢老板！我先回去啦！"她拎起袋子说。

虽然从昨天到现在再怎样装作无所谓，她心里还是怨恨的，是人都会自私，会怨恨，她并不博爱，也不想沈长风有一丁点闪失。

在一个人等他醒来的冰冷夜里，她甚至想过要不让沈长风转行吧，他可以重新拿起画笔，反正这个男人无论做什么都优秀到让人移不开眼，也安全自在些。

这世间，不是每个人都值得去救。

她尽情沉溺在负面情绪里。

但是，刚刚老板说沈长风是个好医生。

沈长风亲手救下的人里，会有人记住并感谢他。

赵暄和满腹的委屈似乎都因为"好医生"这三个字肉眼可见地烟消云散了。

这是医生的意义，她为拥有这样的他而热血沸腾。

窗帘被风吹得轻轻鼓动，没遮住的光尽数倾泻进来，沈长风悠悠转醒。

适应许久后，他才看清四周格局，分辨出这是病房。

他才稍动了动身子，就有一股细密的疼痛逼迫着他重新躺下。

适应痛感后，沈长风用没输液的手去解胸口的纽扣，低头去看，刀口的位置已经缝合处理完毕，只是那针脚像蚯蚓爬过一样，看得他太阳穴直跳，闭眼回忆这应该是谁做的缝合。

心里大概有了个人名，沈长风探手去拿床头的手机，奈何怕扯到伤口，所以只能费力地用手去够。

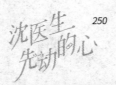

250

就在这时，赵暄和拎着热粥从外面回来。

随着门被推开的轻响，沈长风快碰到的手机应声而落。

赵暄和被突如其来的响动吓了一大跳，等看到半个身子要移出床铺的人时，差点没把手里的粥扔了。

"沈长风，你做什么？"她飞快地跑过去把人扶回去，声音又急又欣喜。

因为失血，沈长风面色看着憔悴了很多，眼窝深陷，唇色也淡得发白。可他不知收敛地拼命盯着赵暄和看，最后牵出浅浅的笑意来。

"让你担心了。"

"你也知道让人担心哪！"赵暄和紧咬下唇，抬手准备给他肩上来一下，但想起他现在的承受力还不如一块豆腐，便作罢。

"下次不会了。"他截住她的手，握进掌心捏了捏，心情颇好地笑，"再有下次我肯定让你打。"

"没有下次！"赵暄和红着眼恶狠狠地强调，说完抽出手把粥拎过来，边揭盖边絮絮叨叨，"你是不是饿了？你肯定饿了，昨晚饭都没吃呢，又被人捅了一刀，流了那么多血……"越说声音越小。

下一秒，她的脸被人捧起来。沈长风干燥温暖的指腹抹干净她眼角的一片湿润，耐心地哄道："哭什么？"

"你差点就死掉了！"

"不会的，我算过位置，我是医生，戳哪里都能猜到。"

"你瞎说！周涵跟我说你差一点儿就没躲得过去！"

"他骗你的。他这人就这样，骗小姑娘骗惯了，以后离他远一点儿。"

"大哥你编排我什么呢？"拎着保温瓶过来送饭、一只脚才踏进门的周涵，就听见自己心心念念关怀着的兄弟用一种温柔到能滴出水的腔调眼睛也不眨地往自己头上扣锅。

赵暄和转过头来，眼睛红彤彤的，跟他打了个招呼。

沈长风风轻云淡地瞥过周涵。

周涵觉得这人眼里一点儿忏悔的意思都没有，放下保温瓶，他找了个苹果坐旁边气鼓鼓地啃去了。

赵暄和问："你吃了吗？"

"在医生食堂吃过了。"周涵恶狠狠地咬了一口苹果，"还担心你俩没饭吃打了菜过来，现在我觉得自己被狗咬了。"

"我不姓吕。"沈长风淡淡接道。

苹果卡在喉咙里，周涵赶忙去看旁边的赵暄和，发现赵暄和已经见怪不怪。

"我的天，你还会讲冷笑话啊，沈哥！"除却刚刚那番编排，周涵第二次被震惊到。原来他们清清冷冷不食人间烟火的沈医生竟然也可以是这么有梗的人。

不知道王大发那一刀是不是捅到他什么任督二脉了，竟然有点神奇？

"对了，你胸口的伤怎么样？这次缝合的任务交给实习生了，也算一次上场实练的机会。"

提起这茬，沈长风脸上的笑迅速散得一干二净。

沈医生
先动的心

因为直不起身，他只能保持僵硬的姿态躺在床上蹙着眉点评："完全不过关，这外翻的针脚差得离奇，这一批实习生谁带的？"

对上沈长风询问的视线，周涵连忙岔开话题："啊，有新消息了，那个王大发坐牢是没跑了……"

"医院新进的猪皮还有，发下去，昨晚参与我手术的实习生，一人一百张，专练皮肉缝合，不配合的就不用来骨科轮转了，我不收。"

周涵苦着脸看向一旁的赵暄和，却看到女人满脸宠溺的表情，顿时浑身鸡皮疙瘩都起来了。

"你们真的太油腻了！"周涵手里剩了一半的苹果也不吃了，抬脚就走。

"你去哪儿？"沈长风喊住他。

"查房！没对象还不让人查房吗？"

"让，记得猪皮发一下。"

"你够了啊！"

门"哐当"一声从外面被人带上，沈长风嘴角终于慢慢翘起来，随后他发现赵暄和抱臂站在旁边看着他也在笑。

她眼角依旧有泪水，眼底晶莹透亮，沈长风一顿，问："怎么了，可怜兮兮的。"

"你是个骗子。"

沈长风意外地眨了眨眼。

赵暄和深吸一口气继续说："我去找过时年，我什么都知道了。"

沈长风作势要坐起身子，却被她连忙按下去。

赵暄和替他盖好被子，拉了张凳子在床边坐下。

沈长风张嘴要解释，又被女人拿盛满白粥的勺子堵住，他急急推开，说："这事你听我说……"

"不听，先吃饭，这事比较重要。"

"哄你比较重要。"沈长风无奈道。

"哦，那你说说看，我先听听看再决定要不要原谅你，如果我一个不高兴了，你就……"

"赵暄和，带我回家吧。"沈长风看着她。

明明正讲得眉飞色舞，可沈长风的话刚说完，她就像破旧的收音机猛然卡住了。

赵暄和张了张嘴，忽然觉得喉头又干又涩，她缓缓扭过头去。

沈长风眉眼温柔，眼里依旧倒映出个小小的她，亮晶晶的。长久对视中，她只觉有什么要破土而出，可沈长风眼里深邃浓郁的安静，让她一颗飘荡不安的心脏慢慢靠岸停泊。

"是很认真的见家长，以你未来共度一生的丈夫的身份，怎么样，要不要带我回家？"

赵暄和哑了声。

"小说里最后我跟你可都结婚了，我就当这是你向我发出的邀请，而我也同意了。赵暄和，我再不会放过你了。"

看到愣怔的女人，沈长风满意地一笑，伸出右手："拉钩。"

沈医生
先动的心

赵暄和背脊一僵，她看着床上的人，缓缓瞪大了眼睛。

男人手指骨节分明，小拇指微屈，等着她反应，再幼稚不过的动作他做得认真极了。

她眼帘颤了颤垂下，伸出右手，钩住男人的小指，嘴角上扬："好。"

第十四章

你愿意嫁给我吗?

Shen Yisheng

Xian Dongdexin

虽然沈长风保持一天一问的频率，坚持不懈地每天揪一个查房的实习生问他什么时候能出院，问到最后没人敢来查房，出院同意书也没能批下来。

　　上头的意思是，沈医生多住几天，把身体养好了才行，最好连年假一起算进去，科室那边有周涵盯着，让他放心养病。

　　沈长风靠坐在床头，挂在墙壁的电视上正放着最新一期的娱乐新闻，赵暄和出门前给他剥了一碟荔枝，他边看边捏起一颗放嘴里吃。

　　"哟，我们昔日忙到脚不沾地的沈医生如今提前开始了养老时光？"周涵刚查完房，一进门就看见床上闲适无比的人，酸得他牙疼。

　　"结束了？"沈长风目不转睛地盯着电视屏幕，不咸不淡地问。

　　"是啊。"周涵抬脚过去，想从碟子里拿颗荔枝，还没碰到就被一把拍开。

　　周涵："？"

　　"自己剥。"沈长风言简意赅。

　　"好哇！你个小气鬼！"周涵一屁股在旁边坐下，直接把装荔枝的袋子捞进怀里，可沈长风竟然一眼都懒得给他。

　　"你看什么呢？"循着沈长风的视线看过去，是个街头采访节目，

主持人正将话筒递给路人，镜头有点晃，他只看了一眼就移开视线，"对这个感兴趣？你不是一向只爱看文献资料吗？"

"不一样。"沈长风又捏起一颗荔枝送进嘴里，缓慢嚼了两下，神情温柔极了。周涵忽然觉得自己怀里的一堆荔枝也没他碟子里的香。

"今天怎么没人来查房？"沈长风抽空问。

"还提这事。这群实习生现在遇到我就躲，本来清早查房就够折磨人，还摊上个躺床上被观摩也要坚持出题考人的病患，谁还敢来你这间？"实习生的例行查房变成了不定时抽测，连周涵都被牵连，医院走廊里遇见个人话还没说呢，人已经跑远，就怕被抓过来查房。

"我说，你早点出院吧，真的，你一闲下来大家就人心惶惶知道吗？"周涵一脸痛色。

沈长风睨他一眼："你给我批？"

"那不成，刘老说了，没他同意谁也不能放你。"

"那你说什么废话。"沈长风把头转回去继续看电视。

"哎，你这人——"周涵又气又笑，"动动脑子好吗，刘老到底是担心什么呢，你不知道？"

"担心什么？"

"当然是你跟赵暄和呀！刘老这是拴着你俩在医院培养感情呢！"周涵越说越来劲，"你看哪，你这种淡到不行的性子，'我爱你'之类的情话完全不会讲，工作又忙，经常加班，哪来时间跟人家耳鬓厮磨？"

"所以赶紧把握住院的机会，多打几张感情牌出去，然后把婚一求，

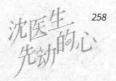

这不就板上钉钉没跑了嘛。"周涵说得头头是道，结果扭头发现沈长风根本没在听，男人专注地盯着前方，那眼神恨不得将电视盯出个洞来。

周涵恨铁不成钢去推他："喂，我说你……"

"嘘。"沈长风伸手抵在唇畔，示意他安静。

"这节目这么好看，我就不信这个……邪……"他扭头过去，结果剩下的半句全哽在喉头。

镜头里，女人眉眼如画，黑发随意披散在肩上，一身白裙站在台上。风吹起裙角，像一朵摇曳的白栀。

记者站在台下兴高采烈地问："白日暄和，听说这是你第一次出现在大众媒体面前，真的很年轻啊，乍一看我还以为是漫画里的人物走出来了呢！不知道暄和能不能讲一讲《你眼里万丈光芒》这本书呢？"

赵暄和微微一笑，抬眼对上镜头，她正透过屏幕望过来。

"之前很多人问过我一个问题，当时我撒了谎，十分抱歉。现在，我告诉大家，这本书其实是有原型的。"

台下记者简直疯了，闪光灯不断闪烁。

这是多大的料哇！简直热搜预订！

"请问暄和！这本书的原型到底是谁，有没有来现场？"

众人推搡中，一个话筒推到她面前。

赵暄和很自然地接了，笑道："来了，她就在台上。"

人群静了一瞬，台上除了陪同的徐时就剩她，而徐时适时地退下去。

大家结束东张西望，无数视线一齐聚焦在她身上。

"是我。"赵暄和说，"这本书是我的青春。"

"那这本书的男主人公现在怎么样了呢？据我所知，暄和并没有结婚！"

"他现在——"

赵暄和轻微一顿，台下的人都屏息以待。与此同时，屏幕前，周涵迅速扭头看去，沈长风已经放下手边的碟子，端正身子坐得笔直，一眨不眨看着屏幕上的人。

"是我男朋友。"女人笑了。

台下一片哄闹，谁也不曾料到闹得沸沸扬扬揣测到今天的事竟然是真的，赵暄和很快被无数话筒围住……

医院里，周涵也震惊得不行，他指着屏幕上巧笑倩兮的女人，扭头问沈长风："赵暄和？白日暄和？她是白日暄和？那个写小说的？"

沈长风十分淡定："是吧。"

"什么叫是吧！"周涵开始四处掏口袋，"我的笔呢，哎？刚刚查房还在的呢。等暄和回来你让她给我签个名，随便签哪儿都成！哎，我真是的！你不知道她现在多火吗，我那个妹妹每天抱着她的原著漫画又哭又笑的，哎，就是那个《他眼里万丈光芒》。"

周涵激动得语无伦次，沈长风却一脸兴味。

周涵掏笔的动作顿住，抬头："她说这本书……是以自己为原型？"

"是啊。"沈长风不紧不慢地吃了颗荔枝。

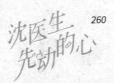

"男主人公是她现在男朋友？"

"是啊。"

"你是赵暄和男朋友？"

沈长风抬眼过去，仿若在看一个智障。

"我的妈！"周涵失魂落魄去开门，"这地方不能待了，太酸了……"

这看似什么也不会玩的沈医生早把人家姑娘吃得死死的，小两口甜甜蜜蜜，白瞎了整个医院上上下下对他的操心！这沈长风真的是不动声色的腹黑！周涵一口老血卡在心里不上不下。

不过，周涵后来仔细回味了一遍，如果小说情节都是写实，那沈医生其实也挺惨的，时隔多年才抱得美人归，一般人也熬不住。

这么一想，他又愉快地去病房找沈长风玩了，主要是赵暄和也在，他可以帮自家妹妹骗到不少签名。

刘老嗅到风声，在周涵一天一回的暗示下，一周后把沈长风从医院放了回去。

这天，赵暄和又收到班长的微信，问她后天一中六十周年校庆参不参加，她才想起上次忘记回消息了，连忙补上道歉并允诺后天一定出席。

当天，赵暄和跟沈长风一起出发。

教学楼还是当年的模样，连按点打响的铃声都没多大变化，因为恰好是周末，学校里并没有几个学生，都是西装革履来参加校庆的社会人士。

赵暄和转了一圈没找到几个相熟的人，班长在群里拼命道歉说他们下午才能到，让赵暄和先自己玩。

"怎么了？"沈长风看出她神情有异，问道。

"奇奇怪怪的。"她把手机收进口袋，重新牵上男人温暖干燥的大手，"班长他们几个，本来说今天聚聚的，现在好像有事来不了了，要到下午。"

"没事，等会儿我带你去吃午饭。"

"好！不过，"赵暄和四周看了眼，皱眉，"人怎么这么少？"

他们刚开始进来时还能看见几个人路过，现在走半天也遇不见一个，整个校园静谧极了。

沈长风给她紧了紧外套："没到时间吧，中午就该有人了。"

赵暄和点点头，继续逛着。而这一逛，竟然逛到一片老旧的教学楼下。

赵暄和只看了一眼就认出来了，那是她跟沈长风继画室后的第二次见面，也是两人真正熟络的开始。

那年几个淘气的同学私底下成立了反"朱霸组织"，组织成功后的第一次集会就在这栋楼的天台上举行，她跟沈长风都去了。那晚不知是谁打开了手电筒，黑夜里将一众保安都引了来。

"谁在那儿？！哪个班的？！"

鸡飞狗跳中，她傻在原地一时忘记了跑，等到反应过来时已经错过最佳时机，保安已飞奔过来。

就在这时，她手腕上猛然扣上一只大手，触感微凉，锢得紧，昏暗的空间里如同烙铁一样的存在。

"傻不傻，还不跑，等着被抓？"沈长风漫不经心的笑声响在耳畔

262

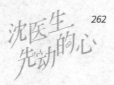

刮过的风里，钻进赵暄和六神无主的脑袋，然后"啪"的一声轰然炸开。

最终他们两人中只跑了她一个，沈长风第二天被拎在升旗台上做自我检讨。此后那个眼里有星光，像隔了遥远星球朝她看来的男生再也没跑出过她的记忆。

回忆总是分外有趣，赵暄和拉着沈长风的衣角兴致盎然道："记得这里吗，当时我们几个经常在这栋楼天台上集会，想不到这么久了竟然还没拆。"她想过去看，却发现往上走的楼梯口上了锁。

"怎么了？"

"喏，进不去。"赵暄和沮丧地拿起锁给他看。

沈长风却神秘地笑了笑，随后从口袋里掏出个什么放在她掌心。

"你忘了，我以前最擅长干什么？"

她凑过去，发现是根别针，刚从口袋上拆下。沈长风今天穿了套定制西装，以前没见过，估计是为了校庆准备的。

随后，男人就这样拿着别针在锁孔里捅了捅。

赵暄和歪在旁边看他，觉得这场景十分有趣。

不过几下，他重新直起身子："好了。"

生锈的锁被挂到一边，沈长风拉开铁门示意她进去。

赵暄和其实只是突然有些念旧，也不一定非要上去瞧瞧，可沈长风将锁都打开了，她边往上走边小声道："我们这不犯法吧？这好像是危楼来着，刚刚过来时牌子上还写着禁止入内呢。"

沈长风握住她的手拾级而上，低笑了声："你怕这个？"

"也不是。"她挠挠头，不过这种叛逆的事高中生干干就够了，他们都这么大了，说出去恐怕要被人笑话。

不过……

她抬眼对上沈长风的侧脸，心脏忽然狂跳不止，一瞬间仿佛回到当年，背着老师偷偷摸摸在楼上开小会。每踩一级楼梯这种感觉更强烈，紧张、兴奋、雀跃，都那么鲜明生动，七年前的她跨越时光而来，与此刻的她融为一体。

天台近在眼前，意外的是铁门竟然没上锁，光线从门缝里洒进来，点亮晦暗的楼道。

沈长风却在这时松开手，朝她示意："推门试试。"

赵暄和不明所以，却还是照做了，光明跟黑暗交融的刹那，刺得她情不自禁地眯了眯眼。

尘埃在眼前飞舞，铁门撞上墙壁清脆作响，而整个天台毫不保留地映入眼帘。

她就这么愣在原地。

铁栏杆上绑着穿着栀子花的五色彩带，巨大墙壁上还挂着她的油画，上头的女生眉眼含笑，模样稚嫩，正是她高中时期最常见的模样，却因为画的人有心，让她周身镀上万丈光芒，耀眼极了。

沈长风不知何时走到她面前。

男人西装革履，慢慢朝她走来，然后单膝跪下。

赵暄和只觉得浑身血液翻涌，眼角发烫。

264

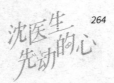

她垂眼，对上他向来只盛得下她的双眸。

"赵暄和，愿意嫁给我吗？"

愿意吗？愿意吗？愿意吗？

脑子在轰鸣，她耳畔尽是男人沙哑低沉的声音，周遭所有的一切迅速远去，天际的烈日仿佛钻进心脏，烧得她要就地灭亡。

再低头，眼前已经是一片模糊，她颤着嗓音努力笑骂："你在这里求婚，笃定了学校没法处分你？还有这面墙怎么办，得赔多少？"

沈长风好像是笑了，眼尾上翘，却若有所思道："你这么说好像还真挺不划算。所以你赶紧答应我吧，等会儿刷墙的时候，两个人容易些。"

"你傻吗？"赵暄和满脸的泪，被他这么一说，忍不住笑出来。

可随即，她毫不犹豫地缓缓道："我愿意。"

无论是什么都愿意。

只因为你是我在茫茫人海里耗费了所有好运才重新找回来的可遇不可求哪。

戴上戒指的一刻，天台上慢悠悠地升起无数只五彩气球，赵暄和仰头看去，看见每只气球上写的字。

沈长风爱赵暄和。

这话，他向老天说了无数遍。

风卷起绳线，拖着它们上去，不过短短几秒，整个一中上空俱是五颜六色。

门卫拎着警棍从保卫处冲出来，站在天台下吼："谁呀？谁在那儿？

265

不能放气球！都给我下来！"

"哎呀呀，大叔，我们闹着玩呢！"

"是啊，哎哎哎！别上去打扰他们啊！"

各种声音传入耳中，赵暄和听出来了，那是说有事来不了的班长他们。

可还是没拦住，脚步声越来越近，钥匙互相撞在一起的响动也越来越清晰。

沈长风握上赵暄和的手，轻笑道："跑得快吗？"

"还行。"她抬手擦了把眼泪，"800 米体测的成绩也刷新了，现在是四分零二秒。"

"沈太太很厉害。"

他眯眼笑，眉眼映在阳光下，是她不肯醒来的梦境，是梦想，是希望，是时光尽头的固执守望与云破天雾后的恢宏天光。

下一秒，她被带着朝光亮处奔去。

穿破黑暗，一束微光照进来，他握紧她的手，再也没松开过。

沈医生
先动的心